嘘のヴェールの花嫁

トリッシュ・モーリ　作

山本みと　訳

ハーレクイン・ロマンス

東京・ロンドン・トロント・パリ・ニューヨーク・アテネ・アムステルダム
ハンブルク・ストックホルム・ミラノ・シドニー・マドリッド・ワルシャワ
ブダペスト・リオデジャネイロ・ルクセンブルク・フリブール・ムンバイ

A PRICE WORTH PAYING?

by Trish Morey

Published by Harlequin K.K., Tokyo, 2014

トリッシュ・モーリ

オーストラリア出身。初めて物語を作ったのは11歳のとき。賞に応募するも、応募規定を間違ってしまい失格に。その挫折がもたらした影響は大きく、やがて会計士としての道を選ぶ。故郷アデレードからキャンベラに移り住んだとき、現在の夫と出会った。結婚し、4人の娘に恵まれ幸せな日々を送っていたが、夢をあきらめきれずもう一度小説家を目指すことに。今ではオーストラリアのロマンス作家協会で、副会長を務める。

主要登場人物

シモーン・ハミルトン……………………学生。
フェリペ・オチョア………………………シモーンの祖父。
デイモン……………………………………シモーンの元恋人。
アレサンデル・エスキヴェル……………実業家。
イソベル・エスキヴェル…………………アレサンデルの母親。
マルケル・デ・ラ・シルヴァ……………富豪。
エスメレルダ・デ・ラ・シルヴァ………マルケルの娘。

1

末に亡くした悲しみがあった。失意もある。最近になって和解した娘とその夫は——シモーンの両親は——飛行機事故で帰らぬ人となった。

そして恥辱だ。憂鬱のどん底でフェリペは飲酒とカードゲームにはまり、賭けで敷地の四分の三を失った。自分の家をなくす直前で友人に見つかり、文字どおりテーブルから引き離されたのだ。

死にたくなるほど後悔していることだろう。もちろん癌もある——これがフェリペの骨をむしばんで、命を縮める原因となった。だが、病に対する闘志を吸い取り、屈服させているのが後悔の念だ。この後悔の念がフェリペに、生きがいがないのに頑張ってもしかたないと教えているのだ。

誰が何を言おうと、何をしようと、効きめはなさそうだった。フェリペが窓の外を見るたびに、人手に渡った葡萄畑が目に入る。そうして、またしても失ったすべてを思い出すことになるのだ。


フェリペが死んでしまう。余命半年。長くても一年だという。

死ぬなんて！

シモーンは頬の涙をぬぐい、山の斜面に広がる葡《ぶ》萄《どう》畑のあいだをよろめくように走り抜けた。祖父を思って孫娘が泣いていると知ったら、彼はいやがるだろう。〝私は年寄りなんだ〟とうとうシモーンに真実を明かしたとき、彼はそう言った。〝もう寿命なんだ。後悔もほとんどない……〟だが、彼の目は潤んでいた。シモーンは、わずかに残る後悔の大きさをその涙に見たのだ。

そこには、五十年間連れ添った妻を癌《がん》との闘いのシモーンは敷地の端で立ち止まった。そこには隣のエスキヴェル家の土地との新たな境界線として、最近フェンスが立てられた。葡萄を支える杭《くい》と、頭上高くに渡された棚もここで途切れ、北スペインのすばらしい海岸の眺めが見下ろせる。眼下には、ビスケー湾に突き出す岩だらけの岬とゲタリアの町が広がり、その向こうに見えるのは風と太陽の光によって色調を変える青い海だ。故郷オーストラリアの景色とはまったく違い、見るたびに息をのむ。

シモーンは潮の香りのする空気を深く吸い込んだ。葡萄の段々畑も、歴史ある町も、絵のように美しい。メルボルン郊外の安い学生向けフラットでの暮らしに戻ったあとでは、これが現実にあったこととは思えないだろう。だが、メルボルンも大学の勉強も、少し先送りにしなければならない。彼女は学期の合間に、ほんの数週間のつもりでここに来た。そしてフェリペの具合が悪かったので、彼が起き上がれるようになるまでここにいると約束した。けれども事実がわかった今、そう簡単に帰国できないのがはっきりした。フェリペを一人にはしておけない。

彼は死んでしまう。

死は最近充分すぎるほど経験したのに、フェリペまで？　シモーンはついこの前まで祖父のことをよく知らなかった。フェリペと娘は仲違《なかたが》いし、シモーンが子供のころに別れたきりだったのだ。フェリペと妻はこのスペインに暮らし、わがまま娘と、交際を禁じられた恋人、そして孫は、オーストラリアに流れてそこで暮らしていた。

何年も無駄にしたあと、ようやく仲直りしたのに、残された時間はわずかしかなかった。

フェリペのために最後の数カ月をよりよいものにできるだろうか？　どうしたら喪失の痛みをやわらげられるのかしら？　シモーンは答えをさがしてフェンスの向こうの広大な葡萄畑を見つめた。かつては祖父のものだったのに、今は他人のものだ。失ったものの大きさと彼の罪悪感、恥じる気持ちは理解できる。この状態を改善する方法が何かあればいいのだけれど。

彼の妻、娘や義理の息子を取り戻す方法はない。失った土地を買い戻すお金もない。

そして隣の一族との長年の確執を考えると、エスキヴェル家が返してくれるとは思えない。

つまり、シモーンには常軌を逸した選択肢しか残されていないということだ。

奇抜すぎて、うまくいくわけがない。

私はそこまでするほどいかれた人間なのかしら？

「彼女を首にしたのか！」アレサンデル・マニュエル・エスキヴェルはコーヒーをつぐのも忘れて、母親に不信のまなざしを向けた。彼女は息子の激しい怒りを前にしても、女子修道院長のように落ち着き払っている。その冷静な態度がアレサンデルの怒りに拍車をかけた。「いったいどういう権利があって、ビアンカを首にしたんです？」

「あなたはひと月留守にしていたでしょう」イソベル・エスキヴェルが冷ややかに言い返した。「もともとひどい家政婦だったじゃないの。ここは汚れた小屋でしたよ。ちょうどあなたが留守だったから、私が彼女を首にして、プロの掃除人を雇ったわ。ほら、このとおり」ダイヤモンドの指輪が輝く手を振り、今や埃《ほこり》一つない部屋を指し示す。「そんなにいらつくことかしら」

いらつく？　ずいぶん控えめな言いまわしだ。カリフォルニアからのフライトは十五時間、アレサンデルはその後のささやかな喜びを楽しみにしていた。熱いシャワーを浴びて、意欲あふれる女とベッドに倒れ込む。彼はうめき声を抑えた。ビアンカは短い雇用期間に、意欲あふれるところを身をもって示してくれた。

　予定では、母親ではなくビアンカが待っているはずだった。そこでアレサンデルはほほえんで、母親をいらだたせるはずの言葉を口にした。「ご存じでしょう、いとしいお母さん《マードレ・ケリーダ》。僕がビアンカを雇ったのは、掃除のためじゃないと」

　母親は不快感もあらわにため息をつくと、サン・セバスティアンを有名にした美しいコンチャ湾が見下ろせる大きなガラス窓に顔を向けた。「そこまで露骨に言わなくてもいいでしょう、アレサンデル」息子に背を向けたまま、うんざりしたように言った。「彼女を雇った理由は私だって承知しているわ。問題は、彼女がここに長くいればいるほど、あなたが妻をさがす気がなくなるということなの」

「僕の妻をさがすのはあなたの仕事かと」

　冷静な見せかけにひびが入り、母親がぱっと振り向いた。「ふざけている場合じゃないのよ、アレサンデル！　自分の責任をきちんと果たしなさい。エスキヴェルの名前は何世紀も続いているのよ。ふしだら女にうつつを抜かして、その血を絶やすつもりなの？」

「僕は三十二歳ですよ、マードレ。跡継ぎを作る能力はあと数年は大丈夫だと思いますが」

「そうかもしれないわね。でも、エスメレルダ・デ・ラ・シルヴァが永遠に待っているなんて期待しないでちょうだい」

「もちろん、そんなことは期待していませんよ。まったくもって非現実的だ」

「そのとおりね」考え込むように細めた目が、期待に輝いた。彼女は息子にゆっくりと近づいた。「つまり、ここを離れていたあいだに分別に目覚め、身を固める決意ができたということ？」彼女は甲高い声で笑った。「まあ、アレサンデル、あなたがそんなことを言うとはね」

「今の発言は」アレサンデルは母親の的はずれな希望に唇をゆがめた。「僕がエスメレルダと結婚する気がないのに、彼女が待っていても無駄だという意味ですよ」

母親の顔が引きつった。彼女は腕組みをすると、当てつけに窓のほうを向いた。「あなたたちが子供のころから、おたがいの家族が了解していたことなのよ。エスメレルダはあなたにぴったりの相手よ」

「僕ではなく、あなたにでしょう!」エスメレルダ・デ・ラ・シルヴァのような女と結婚するくらいなら、アレサンデルは鮫《さめ》と結婚するほうを選ぶ。たしかに彼女は美人だ。それに遠い昔、いいと思ったこともある。だが、彼女には温かさが、情熱がないとすぐに気づいた。実のところ、洗練された外見の下は何もない。良縁に恵まれることだけを目的に育てられてきた冷たい女性だ。結婚するにしろしないにしろ、ベッドをわかち合うなら、情熱的な女性でなければ納得できない。

「孫はどうなるの?」イソベルは戦略を変え、胸に手を当てて訴えかけた。「エスキヴェル家のために結婚する気がないとしても、私のためならどう? 私に孫を授けてくれないの?」

今度はアレサンデルが笑う番だった。「あなたは自分の力を過信しているようだ、マードレ。僕の記憶では、あなたは子供好きじゃない。少なくとも僕はそう思っていた」

母親はふんと笑った。「あなたは最高になるべく育てられたのよ」彼女は悪びれずに言った。「強い人間になるべく育てられたんだわ」

「だったら、自分で決めたいと望むのは当然では?」

母親が突然、ばねのようにきつく張りつめたかに見えた。「ずいぶん楽しんでいるみたいだけど、永遠にこんなばかばかしいやり取りをしてはいられないわよ、アレサンデル。来週はマルケル・デ・ラ・シルヴァの六十歳の誕生パーティなのよ。エスメレルダのお母さまも私も、あなたに彼女のエスコートをしてほしいと思っているの。せめてそのくらいのことをして、長年の親交に敬意を払えない？」

その先に何が待っているんだ？　趣味の悪い余興か何かみたいに婚約を発表して、みんなを驚かすのか？　アレサンデルは驚かなかった。母親はそういう余興をたくらむのが大好きときている。彼女は息子を追いつめ、強引に決着をつけるだろう。

「実に残念ですが、その夜は予定があったと思います」

「出席しないとだめよ！　あなたが顔を出さなければ、あちらの顔に泥を塗ることになるのよ」

アレサンデルはため息をついた。もちろん出席する。マルケル・デ・ラ・シルヴァはいい人だ。アレサンデルは彼を尊敬している。娘が欲の深い母親に似たのはマルケルのせいではない。

「もちろん出席しますよ。でも〝エスメレルダと結婚しない〟というところは変えませんから」

「そんなことを言っているけれど、ほかにいい相手もいないし、遅かれ早かれエスキヴェル家の唯一の跡継ぎとして、運命に従わなければならないのよ」

「あなたの望む答えをあげることはできませんが、結婚すると決めたら、いちばんに知らせますよ」

母親が帰ったあとも、長いあいだその香水の香りと彼のいらだちは消えなかった。アレサンデルは先ほどのイソベルと同じように、窓から外を眺めた。イゲルドとウルグルの山のあいだから巨大なキリスト像が町を見下ろし、祝福している。ヨーロッパ最高の海岸町のすばらしい背景を形作るのは、木々の茂るサンタクララ島だ。

数年前、アレサンデルは実際に見もせずにこのアパートメントを買った。あのときも母親と口論したあとだった。ただ、ゲタリアの一族の土地から離れた逃げ場所が欲しかった。一族の土地はここから車で二十分ほどの距離にある。

結局、逃げ場所以上のものが手に入った。ここはこの町でもっとも眺めのいい住まいだ。湾曲する白い砂浜は、ひと月前の夏の盛りのころに比べると、人出も少ない。穏やかな九月の気候の中、ほとんどの観光客は、泳ぐよりもコンチャ周辺をそぞろ歩きするほうを選んだのだろう。

下腹部の執拗《しつよう》なうずきが復活し、海岸に視線を向けた。ビアンカは肌を焼くために日中を砂浜で過ごしていた。もしかしたら今もあそこにいるかもしれない。アレサンデルはポケットから電話を取り出し、彼女の番号をさがした。イソベルはビアンカにかなりの大金を支払ったに違いない。そうでなければ、ビアンカは首にされたと連絡をよこしたはずだ。だが、彼女がまだこのあたりにいれば……。

そこで彼ははたと動きを止め、電話をポケットにしまった。いったい何をしているんだ？　この部屋で待たせておくのと、わざわざさがし出すのでは、まったく意味が違ってくる。ビアンカに思い違いをさせたいのか？　結局のところ、近いうちに彼女も賞味期限切れだ。

ビアンカもそれは知っていた。雇ってから三カ月もたたないうちに彼女が別の身分を欲しがったとき、アレサンデルははっきり伝えたのだ。おそらくそれもあって、ビアンカは何も言わずに出ていったのだろう。もともとこの仕事は短期間のものだとわかっていたからだ。

アレサンデルは不満の声をあげ、ネクタイをゆるめながら、窓辺から離れた。これから新しい住み込みの家政婦を見つけなければならない。つまり今夜は、冷たいシャワーで我慢ということだ。

2

とても正気の沙汰とは思えない。

シモーンは海を背にして、アレサンデル・エスキヴェルが住んでいる建物を見上げた。暖かい秋の太陽の下にいるにもかかわらず、背筋に冷たい戦慄が駆け上がる。彼の部屋は最上階にあるはずだ。ここからはあまりにも遠く、提案を聞いてもらうどころか、中に入れてもらうことすら難しそうだ。

自分でもどうかしていると思うのに、どうして彼が真剣に考えてくれるの？　きっと笑い物にされて、サン・セバスティアンから、たぶんスペインから追放されるだろう。

もう少しで踵《きびす》を返して逃げ帰りそうになった。

コンチャ湾の海岸を走ってバスの停留所に向かい、ゲタリアの祖父の家に戻りたかった。

でも、選択肢がほかにある？　町から、国から追放されたとしても、何もしないよりましだ。何もしないというのは、毎日少しずつ死に向かっていく祖父を見ていることなのだから。

シモーンは大きく空気を吸い込んだ。穏やかな海風がお気に入りのレイヤードスカートをひらめかせた。海岸のレストランからガーリックとトマト、揚げた魚のにおいが漂ってくる。彼女の胃がぐうっと鳴って抗議した。交通量の多い通りを渡れずに、ただここに立って待っているわけにはいかない。早めに祖父の家に戻って、夕食の支度をしなければならない。パエリヤを作るから買い物に行くと言って、家を出たのだ。あまり遅くなると、祖父に何をしているのだろうと思われる。

突然車の往来が途切れ、シモーンは通りを横断した。目的の建物に近づけば近づくほど、それはより大きく、圧倒するように感じられた。そしてこの計画が、ますます突飛に思えてくる。

　私はどうかしている。

　絶対にうまくいかない。


　アパートメントのブザーが鳴ったとき、アレサンデルはシャワーを浴びたところだった。彼はうなり声をもらすと、タオルを腰に巻きつけた。母親は何を忘れていったのだろう。だが、イソベルは前もって電話するような人間ではない。それに、アレサンデルが一度貸した鍵をいまだに返してくれない。

　そこで彼は無視することに決め、別のタオルで髪をふいた。仕事はオフィスかゲタリアの自宅でするので、招かれないかぎり誰もここには訪ねてこない。

　そのとき、またブザーが鳴った。

　アレサンデルは手を止めて考えた。ビアンカは母の目を避けて、どこかで僕の帰りを待っていたのだろうか？　彼女は僕の出張のスケジュールを知っている。今日戻ることも知っている。

　これは思いがけず運がいい。向こうが勝手に押しかけてきたのなら、最後の一夜を楽しもう。そして明日になったら、お払い箱だと告げればいい。

「ビアンカ、やあ《オラ》」アレサンデルはインターホンに向かって応えた。タオルの下で欲望が頭をもたげるのを感じる。ありがたいことに、この格好なら服を脱ぐ手間もかからない。

　彼の挨拶に、沈黙が返ってきた。「ビアンカじゃありません」誰かがたどたどしいスペイン語で話している。ハスキーな声は途中でつまり、言葉はしどろもどろだった。「私はシモーン・ハミルトンです。フェリペ・オチョアの孫の」

　アレサンデルはしばし黙り込み、頭の中で点と点を結びつけようとした。フェリペに孫娘がいることすら知らなかった。二人は隣人かもしれないが、友人ではない。だが、それでも……。彼は額をこすった。たしかオーストラリア人と結婚した娘がいた。数カ月前に飛行機事故で亡くなったとか。だとすると、彼らの娘なのか？　それなら下手なスペイン語も説明がつく。「なんの用だ？」彼は英語で尋ねた。

「お願いです、セニョール・エスキヴェル」その言葉と同時に安堵《あんど》のため息が聞き取れた。「お話があります。フェリペのことです」

「フェリペのなんだ？」

「中に入れてもらえます？」

「用件を聞いてからだ。僕のアパートメントに押しかけてくるほど重要な用件なのか？」

「フェリペが……あの、彼は死んでしまうんです」

アレサンデルは目をしばたたいた。地元の噂《うわさ》で老人の具合がよくないというのは聞いている。心を動かされないでもないが、フェリペは老人だし、そう聞いても驚きはなかった。自分にどう関係するのかがよくわからない。

「それについては気の毒に思うが、だからといって僕になんの用なんだ？」

彼女のまわりで人の声がする。ビーチに出ていた家族連れが戻ってきたのだろう。母親は子供を叱りつけ、父親は不機嫌そうに何か言っている。シモーンが何かを言いかけたが、ため息をつくと、わずかに声を張り上げた。「そちらに行って、説明させてもらえませんか？　こんなふうに話すには、ちょっと微妙なことなんです」

「だとしても、僕が君のために何かできるとは思えないんだが」

「お願いです。長居はしません。でも、とても重要なことなんです」

彼女にとってはそうなんだろう。アレサンデルからすれば、記憶にあるかぎりフェリペはつむじ曲がりな年寄りだった。それに、両家のいさかいの原因がなんであれ、これまでの年月、フェリペは関係を改善するようなこともしなかった。もっとも、それを言えば、生前のアレサンデルの父親も同じだ。この点では、彼がすでにこの世を去ったのは、いささか残念でもある。どこかの幸運なギャンブラーがアレサンデルのもとにやってきて、カード勝負で勝ち取ったフェリペの広大な葡萄《ぶどう》畑を買い取らないかと申し出たのだから。長年、彼の父親はあの老人から土地を買い取ろうとしていた。

アレサンデルは髪をかき上げた。葡萄畑か。孫娘がここに来たのも、きっとそれが理由だ。フェリペに送り込まれたかわいい気弱なねずみが、お涙ちょうだいの話で土地を返してほしいと訴えかけるのだろうか？　そんなことをしてもさっさと追い払われるのは、フェリペ自身にもわかっていたはずだ。

たぶん彼女を中に入れて、きちんと諭すべきなのだ。アレサンデルは腰のタオルをちらりと見た。タイミングが悪い。「客を迎える格好じゃないんだ。オフィスに来てくれ」

「祖父は死んでしまうんです、セニョール・エスヴェル」アレサンデルがインターホンを切ろうとしたとき、彼女が言った。「あなたが何を着ていようと、私は気にしませんから」気弱なねずみは勇気を得たのか、ハスキーな声でゆっくりと言った。彼は突然興味をそそられた。隣人の孫娘に五分くらい時間を割いたっていいじゃないか。こちらは損するわけでもない。それに、彼女があのハスキーボイスを裏切らない見た目かどうか確かめられる。

「だったら」アレサンデルはエレベーター用のボタンを押してほほえんだ。「上がってくるといい」

エレベーターの扉が開き、最上階の小さな専用ロビーに降り立ったとき、シモーンの心臓は飛び上がった。思いがけずうまくいったことで、頭がくらくらした。そしてアレサンデルの声に、今も体はざわめいている。彼の住所はすぐに調べがついた。サン・セバスティアンのもっとも望ましい独身男性だというのもわかった。だが、特徴のあるアクセントと深い声がインターホンを通して体の奥深くまで届くことは、どこにも書かれていなかった。

調べによると、アレサンデル・エスキヴェルはエスキヴェル家の富を引き継ぐハンサムな相続人だった。だが、ルックスも財産もシモーンにとっては関係ない。彼女が何より興味を引かれたのは、アレサンデルが独身という事実だ。

三十二歳で、妻もフィアンセもいない。そしてシモーンに会うことを承諾してくれた。

彼女は息を吸い込んだ。これは幸先《さいさき》がいい。あとは、話に耳を傾けてもらい、自分の計画について考えてもらうだけだ。

「楽勝よ」小声で自分に言い聞かせると、汗ばんだてのひらをスカートでぬぐった。それからアパートメントの呼び鈴を押して、無理に笑みを浮かべた。

笑みはドアが開くと同時に、二枚の真っ白なタオルのあいだのどこかに消えてしまった。その白さは黒髪と金色に輝く肌とは対照的で、一枚は彼の首にかかり、もう一枚は腰の低い位置を覆っている。

危険なほど低い位置を。

「シモーン・ハミルトンだね」その甘いスペイン語のアクセントが、彼女の名前を愛撫《あいぶ》に変えてしまった。シモーンはまばたきをして、無理やり視線を上に向けた。引き締まった腹部と鍛え上げた胸を通り過ぎて、目が見たいと望む場所をなんとか見ないようにする。「会えてうれしいよ」

濃い色の瞳がシモーンを見下ろしてほほえみ、唇の両端が持ち上がった。一方、インターホンを通して彼女をざわめかせたアクセントは、今や服の下の肌を愛撫するようだった。胸のふくらみが張りつめ、薄いブラの下で先端が硬くなる。突然頭の中に、からみ合う手足や枕の散らばるベッドが浮かんだ。そこにはこの男性が……タオルを巻かない姿で……。

「お邪魔したみたいですね」シモーンはどうにかつぶやいた。「また来ます」

「客を迎える格好じゃないとあらかじめ警告しただろう」アレサンデルはそこでしばし考える時間を与えた。「僕が何を着ていようと気にしないと言ったのは君だぞ」

シモーンは力なくうなずいた。自分がそんなようなことを言ったのは覚えている。だが、タオル一枚の姿だとは、ちらりとも思わなかった。彼女はごくりと唾をのみ込んだ。「でも、まさかあなたが……つまり……もしかしたら別の機会にでも」

アレサンデルの笑みが大きくなった。彼の唇の端が持ち上がるたびに、シモーンはますます居心地が悪くなる。アレサンデルは彼女をだしにして楽しんでいるのだ。「とても重要だと言っていたね。フェリペに関することなんだろう?」

シモーンは目をぱちくりさせて彼を見た。それから、どうしてここに来たのか、何を提案しようとしているのかを思い出し、絶対にうまくいかないと思うすべての理由を思い出した。そして今、新たな理由が加わった。シモーンが見た写真は、実物どおりではなかった。アレサンデル・エスキヴェルはありきたりの〝すばらしい体をしたすてきな男性〟ではない。彼は文字どおりの神だ。つまり、そんな最高のルックスの男性が結婚するのは、スーパーモデルか女相続人かプリンセスで、人の家に押しかけて頼み事をするような女ではない。

まともな頭の持ち主なら、彼のような男性が私みたいな女と付き合うなんて絶対に信じない。

ああ、いったい私はここで何をしているの?

「ごめんなさい」シモーンはかぶりを振った。「ここに来たのが間違いだったわ」背を向けようとしたとき、アレサンデルに腕をつかまれ、いつの間にかアパートメントに足を踏み入れていた。彼の唇から、いれたてのコーヒーの香りが感じられる。シモーンの背後で、ドアがしっかりと閉じられた。

「座って」アレサンデルが手を振って革張りのソファを示した。ソファはシモーンのフラットの全長の二倍の長さがあるが、高い天井の広い部屋では小さく見える。大きなガラス窓はコンチャ湾がすっぽり入ってしまうほどだった。「そうすれば、いったいどういうことなのか話せるんじゃないかな」

シモーンは素直に座り、アレサンデルにつかまれた腕をぼんやりとさすっていた。皮膚の下の神経が踊りだしたかのように今も肌がちりちりする。でも考えてみれば、神経質になるのも当然だ。日に焼けた彼の体にどうしても目が吸い寄せられてしまい、どこを見ればいいかわからないのだから。

「いいでしょう。あなたがそう言うなら。でも、その前に服を着る時間を差し上げます」

「そうあわてるな」アレサンデルはいれたばかりのコーヒーをカップにつぐと、欲しいかどうかも尋ねず、ただ砂糖とミルクを入れて差し出した。シモーンは視線をカップに据え、彼の指に触れないよう気をつけながら受け取った。「さあ、話してくれ。フェリペはどこが悪いんだ?」アレサンデルがふたたび彼女にここに来た理由を思い出させた。

フェリペにまたほほえんでもらうため。

私はここまで成し遂げた。フェリペのために最後までやりとおすのだ。私はいずれメルボルンに帰る。恥をかいても、ずっと続くわけじゃない……。

これで彼女がハスキーな声に見合う姿なのだろうかと思いめぐらす必要もなくなった。一人ぼっちで途方に暮れるホームレスの子供のようじゃないかとアレサンデルは思った。ブルーの瞳は大きすぎるし、ほっそりしたハート形の顔の中で、口は大きめだ。痩せた体には、ぶかぶかのコットンシャツを着ている。彼女は手の中のカップをぼんやりと見つめていた。ソファに座る姿はとても小さくて、インターホン越しに話したときに彼が抱いた印象のとおり、まさにねずみだった。

「フェリペが死んでしまうと言っていたが」アレサンデルがうながすと、シモーンの顎が持ち上がり、彼の心をとらえたあのハスキーな声が戻ってきた。

「お医者さまの話では、余命半年だそうです。長くて一年だとか」〝一年〟と言ったところで声がかすれた。彼女は手にしたカップを置くと、なんとか先を続けた。「でも、そこまでもつとは思えなくて」

そしてポニーテールからこぼれ落ちたハニーブロンドの髪を耳のうしろにかけてから、アレサンデルを見つめた。その目はうつろで生気がない。

「ごめんなさい」シモーンは頬を伝うひと粒の涙をぬぐった。「私、とんでもないへまをしたわ。あなたには関係ないことなのに」

たしかに関係ない。だがそれは、なぜシモーンが僕の家まで押しかけなければならないと思ったのか、その理由を知りたくないという意味ではない。もちろん見当はついている。それでも、孫娘が懇願しに来るとは考えてもみなかったのも事実だった。「どうしてフェリペがそこまでもたないと思うんだ？」

理由はいまいましいほど明白だと言いたげに、シモーンがいらだたしげに肩をすくめた。「彼があきらめてしまったから。自分には死がふさわしいと思っているんです」

「土地のせいで？」

「当然でしょう！　祖父は妻を失い、娘を失った。でも、何よりも土地を失ったことが、病気以上に彼の命を縮めているの」

「それはわかっている」アレサンデルは奇妙にも失

望を感じながら窓辺に向かった。今になって、彼はシモーンを招き入れた自分の衝動を後悔していた。それは、ハスキーな声のフェリペの孫娘が大きな目の痩せたホームレスの子供みたいだとわかって、気がすんだせいだ。それに、自分が正しかったから。そうだ、もちろん土地のために決まっている。だが、正しかったからといって、うれしさはなかった。

それに、次に何が来るかわかったせいもある。これから彼女は本題に入るだろう——親切心に訴えて土地を返してほしいと頼むか、買い取るから金を貸してくれと言うかだ。

彼女を中に入れるべきではなかった。フェリペは孫娘をここに送り込むべきではなかった。いったいあの老人は何を考えているんだ？　こっちが彼女に同情し、どんな頼みでも聞いてやるとでも思ったのか？　アレサンデルの中で怒りがわき上がった。相手が父親の古い仇敵《きゆうてき》であれ、誰であれ、これほど与《くみ》しやすいと思われたのが癪《しやく》に障る。

「つまり、それが彼に送り込まれた理由なのか？土地を返してくれと頼むため？」

この言葉は質問ではなく非難に聞こえたかもしれない。答えを知りたがっているというよりも、喧嘩《けんか》を売るような口調だったのだろう。というのも、シモーンがびくっとして顔を引きつらせたのだ。「フェリペに送り込まれたわけじゃないわ。彼は私がここに来たのも知らないのよ」彼女は先を続ける前にためらった。それから細い手首にはめた時計をちらっと見て、また目を上げた。すでに立ち直り、まるで何かを決意したかのような決然とした面持ちだった。「いいわ。私はこれで失礼して——」

アレサンデルは険しい視線で彼女を引き止めた。「賭けで彼から土地を奪い取ったのが僕じゃないのは君も承知しているんじゃないのか？　僕はまっとうに、きちんと手続きを踏んで買い取った。しかも、その権利を得るために法外な金を払った」

「知っています」

「だったら君だって、僕が黙って返すとは思っていないだろう。どんなに君のお祖父《じい》さんの容態が悪いと言われても」

シモーンのブルーの瞳が冷たく光り、誰かがスイッチを押したかのように態度が一変した。「あなたは私をそれほどばかだと思っているの？　私はここではよそ者かもしれない。でも、フェリペはエスキヴェル家について充分教えてくれたから、そのくらい承知しているわ。絶対にありえないとね」

シモーンが〝絶対に〟という言葉を強調したので、アレサンデルはむっとした。過去にフェリペと彼の父親のあいだに意見の相違があったのは事実だし、エスキヴェル家は事業を遊び半分で行っているわけではない。だが、だからといって、人を尊重しないわけではない。つまるところ、彼らはバスク人なのだ。「だったら、どうしてここに来た？　君の望みは金じゃないのか？」

シモーンが頭を振り上げ、ポニーテールが左右に揺れた。耳のうしろにかけた後れ毛がまた飛び出した。「あなたのお金なんて欲しくありません。お金なんかどうでもいいの」

「だったら、どうしてここにいるんだ？　内々に話したいと言って人のうちに押しかけるほどの理由が、ほかにあるのか？」

するとシモーンが立ち上がった。背丈は百五十五センチもないくらいだが、目を光らせ、紅潮した顔で顎を上げて怒りをあらわにしたところには、かわいい気弱なねずみの面影はまったくない。

「いいでしょう。あなたが本当に知りたいなら、教えてあげるわ。私がここに来たのは、あなたに結婚を申し込むためよ」

3

「結婚だって？」アレサンデルはシモーンの話をさえぎった。もう充分だ。彼は部屋じゅうに響き渡る声で大笑いした。彼女が何か――土地か金かを欲しがっているのはわかっていた。それはたしかだ。だが、結婚の申し出は僕のレーダーでは探知できなかった。「本気で僕に結婚を申し込んでいるのか？」

「わかっています」シモーンは両脇で手を握ったり開いたりした。怒りに満ちたその目は険しく冷ややかで、顔は引きつり、爆発寸前の状態だ。「ばかげた考えだというのは。今言ったことは忘れてください。私が間違っていたんです。祖父を助けるために、まさかあなたが指一本すら動かさないなんてありえないと思っていたんですから。お邪魔して申し訳ありません。お見送りはけっこうですから」

シモーンがくるりと背を向けた。その勢いでスカートがふわりと持ち上がり、アレサンデルが想像もしなかった形のいい脚があらわになった。その脚がドアに向かって一歩進むごとに、彼女の言った言葉がより腹立たしく感じられる。あんないかれた申し出をしておいて、期待を裏切られたと言い張るとは、いったいどういう了見だ？

シモーンがドアを開けるやいなやアレサンデルは前にまわってドアをばたんと閉めると、彼女の肩に手をかけた。「指一本すら動かしてくれと頼まれた覚えはないんだが」彼女は聞いていなかった。あるいは単に無視した。両手でドアの取っ手をつかんで、必死に開けようとしている。ドアは彼がもたれているので、一センチも動きはしなかった。

「外に出して！」

アレサンデルはそのままじっとしていた。「だが、君が僕に結婚を申し込んだのは思い出せる」

「あれは間違いだったわ」シモーンは取り乱し、なかば息切れしながらドアを開けようとしている。

「ほかの男に頼むつもりだったという意味か？」

シモーンは取っ手から手を離すと、意志の力で消そうとするかのようにじっとドアを見つめた。「あなたが助けてくれるかもしれないと思ったからよ。結局、私が間違っていたとわかったわ」

「それで今は、僕がどういうわけか期待を裏切ったと言い張るんだな？　君と結婚するというばかげた話を持ちかけられて、正直に笑い飛ばしたから？」

「あなたが理想の結婚相手だから、ばかげた話になるわけ？　ああもう、信じられない！　私があなたと結婚したがっているって本気で思ったの？」

シモーンは最後にドアをひと蹴りすると、アレサンデルをまともに見た。だが、すぐに後悔した。アレサンデルのあらわな胸がすぐ目の前にある。日に焼けた肌と黒い胸毛、二つの硬い先端が迫ってきた。ああ、どうしてこの人は服を着てくれないの？　この距離だと、石鹸《せっけん》のレモンの香りと男性的なすがすがしい肌のにおいまで嗅ぎ取れる。しかも、この組み合わせが大いに気に入った。

「こっちが教えてほしいね」アレサンデルがぞんざいに答えた。「頼んだのは君のほうなんだから」

彼はシモーンの動きを二方向から封じ込めた。片手は彼女の顔のすぐそばにあった。シモーンの背後はドアなので、残された逃げ道は一つしかない。それでも彼女はじっと動かず、あえて視線を上に向け、アレサンデルと目を合わせた。逃げ出そうとすれば、この男性は喜ぶだろう。彼はぞくぞくするような快感を糧に生きているのだ。

「ほんの数カ月よ」シモーンは言った。「永遠じゃないわ。私もそこまでマゾヒストじゃないもの」

アレサンデルが危険なほど彼女のほうにのしかかってきた。彼の目に何かが光った。シモーンは自分を助けられるたった一人の男性に侮辱を投げつけるのもどうかと思ったが、そもそもアレサンデルが彼女の話をろくに聞こうとせずに笑い飛ばしたのだ。

「ほかに方法があれば、私だってそちらに飛びついているわ」

アレサンデルの目がシモーンの目をさぐっている。彼の顎はこわばり、首の太い筋が浮き上がった。

「いったい何をたくらんでいるんだ？　どうしてここに来た？」

「これ以上続けても無駄だわ。もう帰らせて。二度とあなたのうちに押しかけないと約束するわ。この不幸な出来事もきっと忘れられるでしょう」

「初対面の痩せっぽちの女の子に結婚してくれと頼まれたのに、忘れろって？　いやみと侮辱にまみれたプロポーズのあとで、ほかの方法があればそっちを選ぶとまで言われたんだぞ？　そんなに急いで忘れるつもりはないね。まだ理由も説明してもらっていないのに」

「意味ないでしょう？　あなたは自分の立場をこれ以上ないほどはっきりさせてくれたわ。わざわざ自分をおとしめて、〝痩せっぽちの女の子〟と結婚するようなまねはしないのはよくわかったから」

アレサンデルに言われた言葉を吐き捨てるように繰り返したとき、シモーンの目に冷たい炎がひらめいた。彼女が傷ついたのはアレサンデルにもわかった。それに、痩せっぽちというより小柄と呼ぶほうがふさわしい。もっとも、シモーンの体はチェーン店で売っているような服の下に隠れていて、すべてが想像の域を出ない。だが、彼女はもはや女の子ではない。背の高いアレサンデルからは、シモーンが息をするたびに、胸のふくらみがちらちら見えた。

それにこれだけ近いと、彼女の瞳の色はグレーよりもブルーが強いとわかる。太陽が丘の霧を追い払う前の早朝の空の色だ。彼女のにおいも感じられた。蜂蜜と太陽と目覚めた女性の香りが混じり合っている――まぎれもなく、興奮している女性の。

驚いたことにアレサンデルの体が反応した。シモーンは彼のタイプではないし、食指も動かなかった。興味を引かれれば、ドアを開けて姿を見た瞬間に、それと気づいたはずだ。これまではそうだった。

アレサンデルは意志の力で高まる場所をしずめた。服を着ないと決めたのは、誘惑のためではなく、単におもしろかったからだ。そして彼の視線はまた下にすべり、開いたシャツの襟元をさまよった。ちらりとのぞく肌はサテンのようだった。

「そうだな、たぶんそんなに痩せっぽちじゃない」

まったく興味を引かれないにもかかわらず、アレサンデルはこらえきれずにシモーンの肩に手を置いた。親指で彼女の肌質を確かめると、見た目のとおりなめらかだとわかった。

シモーンがブルーの目を大きく見開き、すぐさま横に飛びのいた。「私に触らないで!」

思いがけない訪問者のおかげで、アレサンデルは楽しんでいた。彼女は今逃げ出したと思ったら、次は闘志むき出しだ。「いったいこれはなんだ? 僕に結婚してくれと頼んだくせに、触るなだって? 君だってオーディションの備えはしてきただろう」

「オーディションなんてないわ! 結婚はフェリペのためよ。フェリペだけのため」午後の太陽は沈み、窓の外は暗くなりはじめている。一方、室内のシモーンの頬は輝き、目は冷たいブルーの光を放っていた。ぎゅっと握った両のこぶしだけが血の気を失っている。「ローブか何かないの?」

突然の話題の転換に、アレサンデルはほほえんで、平然と両腕を大きく広げた。「僕が何を着ていようと、何も問題はないんだろう?」

「大ありよ。あなたは実際のところ何も着ていないんだもの」シモーンが言葉を切り、唇を噛《か》んだ。まるで、言いすぎたことに気づいたという顔だった。それから彼女は勢い込んで続けた。「あなたが風邪でもひいたりしたらいやだから」

アレサンデルはますます愉快になってきた。訪問者は意外にも楽しませてくれる。こんな臆病そうな女性のどこに、これほど突拍子もないことを実行する勇気があったのだろう。たぶんつい先ほど母親に結婚をせっつかれたせいもあって、おもしろく感じるのだ。彼は母親がここにいて今の状況を見ていればよかったのにと思った。もっとも、彼女はぎょっとするに違いない。だが、そう思うと、さらにおもしろくなってきた。

「だったら、僕はこのうえなく健康だから、君も安心だ。だが、君が気まずい思いをするのは僕も望んでいない」アレサンデルはそう言って、しばし退いて服を着ることにした。とはいっても、シモーンが気まずい思いをするからではなく、そのほうが自分にとって都合がいいからだ。彼女に性的に興味を抱いていると思われるのは何よりも避けたい。たしかに、好奇心はそそられた。プロポーズをされたときの衝撃も今はおさまり、話を聞きたくなっている。だが、シモーンに自信を持たせても意味はない。

私はまだここにいる。シモーンは無意識に止めていた息を吐き出すと、百万ユーロの景色が一望できる窓に目を向けた。彼は私を追い払わなかったし、私が出ていくのも許さなかった。

これは、成功に向けて二点目を得点したことになるのかしら？　理由はなんであれ、アレサンデルは話を聞きたがっているように見えた。

うまくいくかもしれない。あの胸と日に焼けた金色の肌を隠してくれたら、もっときちんと頭も働くだろう。そう願うしかない。あんな完璧な男性の姿を目の当たりにすると、気が散ってしまう。アレサンデルに肩に指を触れられたとたん、シモーンの体を熱い衝撃が貫いた。彼の飢えたまなざしが指先に電気を走らせたのかも……。

彼が触れたいと思うような女性になったら、どんな感じなのだろう？　触れられたときの衝撃を思い出し、シモーンは身震いした。危険だ。あまりに危険すぎる。

「待たせて申し訳ない」

訛《なまり》のある深い声がシモーンの背筋を愛撫《あいぶ》のように駆け下りた。彼が一語一語を心から言っているのだともう少しで信じたくなる。振り返ると、アレサンデルは意外にもローブ姿ではなく、明るい色のズボンに、上質のニットという服装だった。ニットは胸にぴったり張りついている。そこでシモーンはこぼれ落ちる髪を耳のうしろに押しやり、ほかの場所に目を向けた。「すてきな靴ね」

アレサンデルが革のローファーを見下ろした。

「僕のために作ってくれる人がいるんだ。とても腕がいい」

ハンドメイドの靴ね。シモーンは改めてじっくり観察し、自分の底のすり減ったバレエシューズを隠したくなった。もちろん、彼が裕福なのは知っている。私の持っている服すべてを合わせたよりも、この靴のほうが高いかもしれない。アレサンデルが彼女の目の前でドアを閉めなかったのが不思議に思えてくる。

「だが、君は僕の靴を褒めるためにここに来たわけではないだろう」アレサンデルはソファを手で示し、自分は大きな肘かけ椅子にゆったりと座った。「もっと話を聞かせてくれ。君と僕が結婚したら、どうしてフェリペのためになるんだ？　どういう理屈なのか、きちんと教えてほしい」

シモーンはおずおずとソファに腰かけた。心臓は激しく打っている。ただ話を聞きたいだけ？　それとも私の申し出を本気で考えているの？「本当に知りたいの？　今度は笑い飛ばさない？」

「さっきはとにかく驚いたんだ」アレサンデルは肩をすくめた。「馬に引っ張られて八つ裂きにされるか鮫《さめ》に襲われるほうがましだと言いながら、僕に結婚してほしいと頼む女性が毎日いるわけじゃないからな」

シモーンは口元を引き結んだ。そんなことは言っていないが、あえて否定しなかった。アレサンデルが彼女をからかって楽しんでいるのはわかっている。それでも、彼の笑顔にすっかり心を乱されていた。アレサンデルは怒っているときですら、とてもすてきだった。でも、彼がほほえむと、圧倒的な魅力を放つ。「ごめんなさい。私も、男性に結婚してほしいと毎日頼んでいるわけじゃないから」

アレサンデルがうなずいた。「それはうれしいな」心からそう思っているように言った。「その結婚について話してくれ。どうしてそんなに僕と結婚しなければならないと思うんだ？　目的は何？」

「フェリペの最後の日々を幸せにしたいの」

「その結婚相手が喧嘩《けんか》ばかりしていた男の息子なのに、なぜ彼が幸せになる？」

「葡萄《ぶどう》畑が元どおり一つになると信じられれば、彼は幸せだと感じると思うの」その答えがなんの衝撃も与えなかったとわかり、シモーンはもっと情熱を込めて説明した。「あなたが買い取ったあの葡萄畑は、フェリペの命なの。今は窓の外を見るたびに、自分の過ちに気づかされるのよ。失ったすべてを思い出すの」彼女はかぶりを振った。「残っている葡萄畑にも関心を失っているの。何もかもどうでもいいと思っているんだわ」そして目を上げてアレサンデルを見た。なんとしても彼に理解してほしかった。

「きっと、どうかしているって思うでしょう。でも、もし二つの家が結婚で結びつけば、フェリペは葡萄畑がまた一つになったところを見られるわ。彼の過ちがなんであれ、それもたいしたことではなくなる。すべて失ったわけじゃないとわかれば、彼ももう一度ほほえんでくれるかもしれない」

「そしてフェリペは幸せに死んでいく」

シモーンがその言葉にびくっとしたので、アレサンデルは彼女が演技をしているのかもしれないと考えた。ほとんど知らなかったはずの男をそこまで思いやれるものだろうか？

「数カ月のことなの。お医者さまの話では――」

「さっき聞いたよ」アレサンデルは突然立ち上がり、彼女に背を向けて窓辺に近づいた。「半年から一年のあいだだと。だが、どうして君の言葉を信じられる？　僕には、この取り決めでいちばん得をするのは君だと思える。君が妊娠して、二つの家族を〝一つにする〟ための新たな理由を見つけないとは限らないだろう？」

私にそんなまねができると思っているの？　いったい彼は、どんな人たちと付き合ってきたのかしら？　シモーンは大きく首を横に振った。この結びつきによって妊娠する可能性が万に一つでもあると思うと、気分が悪くなってくる。「それはありえないわ。これは純粋にビジネス上の取り決めよ」

「君はそう言うだろうが、どうすれば君を信じられる？」

「簡単よ」シモーンはアレサンデルを見つめた。「セックスがないんだから妊娠はないわ」

彼はびっくりして肩越しにシモーンを見返した。「セックスがない？　セックスなしで結婚がうまくいくと本気で思っているのか？」

「当然でしょう？　本物の結婚じゃないんだから、セックスの必要はないわ。私が頼んでいるのは、形だけの結婚よ。おたがい好意を抱いているわけでもないし。それを言うなら、知り合ったばかりなのよ。どうしてセックスが必要なの？　そもそもしたいと思う？」

　アレサンデルはシモーンの反論を的はずれだと考え、無視した。彼にとって、セックスの相手を好きかどうかは問題ではなかった。だが考えてみれば、彼の知るかぎり、父親は結婚生活の最後の三十年間、母親と寝ていなかった。つまり、ベッドをともにせずとも夫婦は成立するという証明だ。誰が見ても、父が禁欲生活を続けていたわけではないにもかかわらず。

「僕が同意したとして」アレサンデルはシモーンの目が輝くのを見て、言葉を切った。彼女が大喜びする前に水を差したかった。「〝もしも〟の場合だ。もし僕がその形だけの結婚に同意したら、よそで女を作るのは君も理解しているんだろうな？　いずれ僕は誰かとセックスする必要に迫られる」

　シモーンは唇を引き結び、全身をこわばらせた。

「あなたには、必要なものを喜んで用立ててくれるお友達や知り合いが大勢いるんでしょうね。私は邪魔しませんから。言うまでもなく、あなたがおおっぴらにしないかぎりは、だけど」

　アレサンデルは考え込むように顎を撫《な》でている。シモーンは彼の顔の力強い輪郭、くっきりした顔立ち、闇夜のような瞳に目を奪われ、見た目がこれほど整っていなければよかったのにと思った。

「だったらうまくいくかもしれない」アレサンデルが言った。「それにセックスなしという部分についても、君の言うとおりかもしれない。なんといっても、君は僕のタイプにはほど遠いし」

「よかったわ！」シモーンは頬を紅潮させて言い返した。「それならずっと都合がいいもの！」

「よかった《ブエノ》」アレサンデルは彼女のそっけない言葉

にほほえんだ。「おたがい理解したということなら。君がさっき言ったように、結婚がどのくらい続くかわからない。数カ月か、一年か。そのあいだ僕が禁欲を貫くなんて期待されても困るからね」

「あなたが自然な欲望を抑えなくてはならないのは私だっていやだもの。でも、もしかしたら、少しは我慢してもいいんじゃないかしら」

「どうして？　僕はセックスが好きなのに」

「そんなこと聞きたくないわ！　私が知っておきたいのは、あなたがこれに同意してくれたら、私たちのあいだにセックスはないということだけよ。子供ができる可能性はないの。つまり、〝複雑になる〟こともないわ」

アレサンデルは窓辺に向き直ると、ため息をついた。空はすっかり暗くなり、海岸の街灯が点灯して、海を金色に輝かせている。たぶん、彼女が正しいのだろう。セックスがなければ、望んでいない妊娠もなく、複雑になることもない。彼女がエスキヴェルの土地を要求する見込みもなくなる。

そして、うるさい母親も追い払える。

アレサンデルは大笑いしたくなった。僕が結婚すれば、エスメレルダが僕のプロポーズを待ちつづける意味もない。実にすばらしい。こんなばかげた申し出にそそられたのは初めてだ。だが、誰が信じる？　よりによって僕が選んだのは、この女性だ。先ほどの言葉は嘘《うそ》ではない。シモーンは僕の好みのタイプからはかけ離れている。僕はセクシーすぎる女性が好みだが、彼女はぶかぶかの服を着たホームレスの子供に見えるのだから。

シモーンの冷たいブルーの瞳とハスキーな声に、あるいはちらりと見えた女らしい体に何かを感じたとしても、僕が取り決めに同意するには、条件の見直しが必要だ。僕はわざわざ結婚をそれらしく見せる手間をかけるのだから、もう少しその気になれるものが欲しい。

「お祖父《じい》さんのために我が身を犠牲にするとは見上げたものだ。だが、どうして僕がそれに従わなきゃならない？　君がセックスを除外したとなると、僕のほうには何がある？」

シモーンが目をぱちくりさせてアレサンデルを見た。彼女はそんなことを問われるとは想像もしていなかったのだ。アレサンデルはシモーンの世間知らずの無邪気さに感嘆した。僕が善意から協力するとでも思っていたのだろうか？「ええと」シモーンが口を開いた。「あなたは今やフェリペの葡萄畑のほとんどを持っているわ」

「言っただろう、僕は公明正大に買い取ったんだ。あの土地はすでに僕のものだ」

「でも、あなたは彼がどうしてそれを失ったか知っていた。自分に都合がよかったから、老人の不運を利用した」

「僕が買い取っていなければ、ほかの誰かがそうしていたさ」

「でも、買い取ったのはあなたでしょう。その絶好の機会に飛びつかなかったなんて言わないで。フェリペが言っていたわ。あなたのお父さまは何十年も前から彼を追い払おうとしていたって」

「君との結婚に同意すれば、僕の気持ちが楽になるとでも？」アレサンデルはかぶりを振った。「いや、僕は良心の呵責《かしやく》もないし、夜だってぐっすり眠れる。つまり、君は僕に差し出すものがないということだ。そしてもし僕がこの件に同意するなら、実体のあるものが欲しい」

シモーンの心臓が胸の中で飛びはねた。〝もし僕がこの件に同意するなら〟ですって？　彼は本気なの？　突拍子もない計画に同意させるまで、あと少しのところに来ているの？　シモーンは唇を湿した。

「あなたの気持ちを固めるには何が必要なの？」

「フェリペは残された土地を、彼の唯一の相続人として君に残すと考えていいのか？」

シモーンは目をしばたたいた。「そうね。遺言を書き換えるために弁護士と会わなければならないけれど、彼はそうしたいと言っていたわ」

「だったら、それが僕の報酬だ。フェリペが亡くなり、君が相続したとき、残りの土地を僕に譲り渡すことに同意してもらいたい」

「残りすべてを？」

「たいして残っていないはずだ。それに君は、僕に結婚してほしいんだろう？　フェリペが、大事な葡萄畑が元どおり一つになると信じられるように」

「そのとおりよ」

「だったら、僕の提示した条件に対する君の最終的な合意をもって、正式に僕たちの婚約が成立したと考えよう」

4

「これでどうかな、未来の妻よ？　君が決めてくれ。取り引き成立？」

取り引き成立かしら？　心臓が轟《とどろ》き、自分の心の声すらほとんど聞こえない。彼女の半分はすでに浮かれ騒いでいる。近いうちにフェリペはふたたび一つになった葡萄《ぶどう》畑を見るだろう。

けれども彼が逝ったあとも――結婚が解消されたあとも一つのままだ。アレサンデルが土地をすべて所有するのだから。

彼は答えを待っていた。抑えた笑みから、シモーンの同意を期待しているのが伝わってくる。

フェリペは残された土地を彼女に与えると約束し

た。それは葡萄畑を血のつながった者に引き継ぐため、孫娘を経済的に安定させるためだ。浪費家の両親がほとんど何も残さず死んでしまったので、シモーンの手に渡るのは葡萄畑しかない。つまり、もしアレサンデルの条件に同意するなら、ふたたび彼女は何もない状態で残される。

でも、葡萄畑を引き継いでも、役には立たない。最初からメルボルンに戻って勉強を続ける予定だったのだ。そもそもシモーンはこの土地の人間ではない。先祖がどうあれ、葡萄栽培者でもないし、スペイン語すらろくに話せない。「いいわ」選択の余地もないとわかって、ささやくような声になった。

「取り引き成立よ」

「よかった。弁護士に合意書を作らせよう」

「外部にもらさないで！　フェリペに疑われたら困るわ」

「僕がこんなことを世間に公表したいとでも？　僕の弁護士はひと言だって外部にもらさないよ。この結婚が本物じゃないことは誰にも知られない」

シモーンはうなずいた。全身に力が入らず、精も根も尽き果てた気がする。私はやり遂げられるとは思わなかったことをやり遂げた――アレサンデル・エスキヴェルが私の常軌を逸した計画に同意したのだ。じきに葡萄畑は一つになり、フェリペの顔にほほえみが戻る理由ができる。今は天にも昇る気分のはずなのに、身も心も疲れ果てた感じだった。「私、帰らないと」シモーンは窓の外を見て、ぎょっとした。すっかり暗くなっている。「フェリペが心配するわ」そしてアレサンデルに目を戻す。「書類ができたら、あなたが連絡をくれるのね」

「ジャケットを取ってくるよ。家まで送ろう」

「その必要はないわ」シモーンがそう言ったとき、すでにアレサンデルの姿は消えていた。路線バスで充分だ。家に着くのは遅くなるけれど、考える時間ができる。それに今は、シトラスとムスク、百パーセントの男性ホルモンがブレンドされたあの男性の香りから離れた場所に行きたかった。

「必要は大ありだ」アレサンデルがジャケットを着ながら戻ってきた。手にはキーホルダーを握っている。「話し合わなければならないことがある」

「たとえば？」

「たとえば、僕たちのなれそめとか。まずはそれだな。そういう話を頭にたたき込んでおかないとまずい。君だって、うちに押しかけられて結婚してくれと頼まれたなんて僕に吹聴《ふいちょう》されたくないはずだ。それに、迅速に事を進めなければならない。フェリペの健康状態を考えれば、婚約期間も短くていいんだろう？」

「そうね……」そこまで考えていなかった。シモーンにとって、そんな先のことまで考えるのは望みすぎだったからだ。計画を実行して、アレサンデルの同意を取りつける自信などまったくなかった。

「だったら、結婚式は来月にしよう。それだけあれば、法的な問題もない。僕たちはしかるべき場所で、一緒にいるところを目撃される必要がある。これはその都度対処していこう」彼は車のキーを取り上げた。「それに、未来の義理の祖父と改めて親交を結んでもいいころだと思うんだ」

アレサンデルの車は車高が低く、スマートな形で、一般道よりレース場のほうが似合って見えた。色が黒だからといっても、それは変わらない。シモーンは疑わしげに車を見た。「これって、通りを走っていいの？」

アレサンデルが低いくぐもった声で笑った。シモーンは下腹部が居心地悪く落ち込むのを感じながら、うながされるまま、GTAスパーノに乗り込んだ。内部は革とアルミニウム、クールな液晶画面で埋め尽くされているように見える。

　革張りのシートに落ち着くと、車が彼女を抱擁するように包み込んだ。天井まで続くフロントガラスが車内に外の景色を取り入れる。

　アレサンデルはサン・セバスティアンの混雑した通りを難なく運転した。肉食獣さながらに、猫を思わせる操作性とパワーを利用して、タイミングよく車線を変更してほかの車を追い抜いていく。やがてハイウェイに到達したところでギアを切り替え、小さな漁師町ゲタリアまでの二十数キロをあっという間に走り抜けた。

　車の中で、二人は出会いの経緯について話を整理し、たまたまサン・セバスティアンでシモーンが彼を呼び止めて道を尋ねたことにした。もっとも、この筋書きを考えたのはアレサンデルだ。シモーンのほうは狭い空間に彼と閉じ込められ、それどころではなかった。振り向かなくても、彼が隣にいるのはわかる。息を吸えば、アレサンデルを味わうことができるし、彼がハンドルやギアを操作すると、脚に感じる空気の揺れからそれが伝わってきた。

　平静ではいられなかった。これまでの人生で、こんなに誰かを――男性を意識したことはない。

　でも考えてみれば、誰かに結婚してほしいと頼んだこともなければ、もちろん同意してもらったこともない。これはシモーンにとって、未知の分野なのだ。こんなに緊張するのも無理はない。

　ゲタリアに近づくにつれて、ますます不安がつのった。やっぱりバスに乗ればよかった。それなら、突然アレサンデルを家に連れて帰るようなこともなかった。いずれフェリペも機嫌を直すだろう。でも、最初は受け入れてくれないに違いない。

「フェリペが無愛想でも驚かないでね」シモーンはあらかじめ言っておいた。「つまり、これまでの出来事を考えると、だけれど」

「今や僕が彼の土地の四分の三を手に入れたという事実を考えると、だろう？」アレサンデルは肩をすくめた。「僕が生まれる前から、二つの家がうまくいったことはなかった」

「どうして？　何があったの？」

「家同士が仲違《なかたが》いする原因には何があると思う？　この場合は、僕の祖父の祖父の目と鼻の先で花嫁が逃げ出し、別の男と結婚してしまったことかな」

「彼女は誰と結婚したの？」

「フェリペのお祖父《じい》さんだ」

「まあ、そうだったの。びっくりね」シモーンはかぶりを振った。「でもやっぱり、何年か前に何かが起きたに違いないわ。百年も前の出来事がいまだに尾を引いているなんて考えられないもの。隣人同士なんだし」

「バスク人にとって、名誉はとても重要なんだ。過去を大事にしている。プライドを踏みにじられたら、忘れない」

「そうなんでしょうね」エスキヴェル家の歴史上もっとも短いはずの結婚が終わったあと、私はどんなふうに思い出されるのだろうとシモーンは考えた。新たに恨む理由が加わり、オチョア家の名は来世紀以降も燦然《さんぜん》と輝くに違いない。結婚が解消となったとき、私はオーストラリアに帰るのだから運がいい。

「あなたの家族はどうなの？　オチョア家の女と結婚すると聞いたら、みんなはどう受け止める？」

アレサンデルがにんまりした。「よくないね。少なくとも最初は。だが、僕は前に進むべきときだと言うつもりだ。永遠に遺恨を抱えたままでいるのはよくないことだとわからせる。まあ、すべてが終わったときに、それ見たことかと言われるだろうね」

「あなたはそれでいいの？」

「誰が何を言おうと、僕は気にしない。結局、僕は土地を手に入れるんだから」

「ああ、もちろんそうね」土地にはそれだけの価値がある。シモーンがその権利を放棄したのだ。

「教えてくれ」アレサンデルが話題を変えた。「故郷のオーストラリアには、君の帰りを待っている恋人はいないのか？　君が結婚すると知って逆上し、突然こっちに来て結婚を阻止したりはしないかい？」

シモーンはこらえきれずに大笑いした。デイモンが現れて私を自分のものだと主張し、ほかの男性と結婚するのを強引にやめさせるなんて、あまりにおかしくて大笑いするしかない。たとえデイモンがよりを戻したいと決意したとしても、ここまで来るような気概はないだろう。「大丈夫。恋人なんていないから」

アレサンデルが横目でシモーンを見た。「その言い方だと、過去にはいたみたいだな」

「そうね、しばらくは。でも、彼は過去の人だし、向こうにいるのよ。そんなことはしないわ」

「ほかの友達や家族は？　君のことを心配しないのか？」

「家族と呼べる人はいないわ。今はもう」

「でも、お父さんの家族は？」

シモーンはかぶりを振った。「奇妙に聞こえるのはわかっているけれど、会ったことがないのよ。父は十三歳になって初めて自分が養子だったと知ったの。そしてそれを長いあいだ秘密にしていた養父母を許さなかった。自分を捨てた生みの親にも会わなかった。父と母があれほどうまくいったのも、そういう事情があったからでしょうね。二人はわかり合っていた。どちらも身寄りがなく、おたがいしか存在しなかった」

「君もいたんだろう？」

「そうね、でも……」シモーンは顔を上げ、頭上の窓から夜空を見ながら言葉をさがした。見ず知らずと言っていい相手に、これほど個人的な事柄をどうやって説明したらいいのだろう？　とはいえフィアンセなのだから、見ず知らずの相手であるべきではない。彼はどこまで知る必要があるのかしら？　そして私は、どれだけ彼に話したいのだろう？

それでいて、赤の他人に家族のことを打ち明けるのは、解き放たれた気分だった。どのみちこれから彼を両親に会わせる必要もない――今となっては。

「父が求め、必要としていたのは、母だけなんじゃないかと私はずっと前から思っていたの」

アレサンデルが眉をひそめて彼女のほうを見た。

「誤解しないで、彼はいい父親だったのよ。ときにはすばらしい父だった」シモーンは小学校の運動会の、父と娘の二人三脚を思い出した。二人は最下位だったが、そんなことはどうでもよかった。少なくともその年、父はわざわざ参加してくれたのだ。彼は定職についたことがなく、毎回口実を作って参加しなかった。シモーンは毎年ほかの子供たちが父親と走るのを見て過ごした。父親はうるさくせがむ娘に根負けしたのだが、あのときのシモーンはクリスマスがやってきたかのように感じた。「問題などなかったわ。ただ、彼は子供がいないほうがもっと幸せだったんじゃないかという気がしただけ。きっと、ずっと自分がおまけみたいに感じていたせいね」

「ほかに家族は？　きょうだいはいないのか？」

「ええ」

アレサンデルは何も言わなかった。シモーンも気にしなかった。窓の外を眺め、丘の上方で葡萄棚が並んでいるのを見ているだけで満足していた。故郷で見慣れている葡萄畑とはまったく違う。それに、もつれた家族よりも、もつれた葡萄の蔓《つる》について考えるほうが気が楽だ。

だが、別のもつれた糸を思い出した。

「祖母の先が長くないと聞かされたとき、父は母がスペインに戻るのを望まなかった。正直なところ、父はフェリペも老い先が短いと考え、借金を返せるだけの相続分を当てにして、母が実家に戻るのを許したんだと思う。当てがはずれたのは、母とフェリペが本当に和解したことね。父は前回と同じように、二人が怒鳴り合って決裂すると予想していた。でも、今度は違ったの。たぶん、祖母が亡くなったからだと思うわ。それに母も少しは成長し、フェリペもまるくなったのね。二人とも、ようやく自分たちが失っていたものに気づいたんだわ」

「マリアを亡くしたあとだけに、彼は君に会えてとても喜んだだろうね」

シモーンは、マリアが亡くなったと聞いた日から重くのしかかっている罪悪感のかたまりを押しつぶした。それは何年も前に立てた誓いを——自分が破った誓いを思い出させた。

シモーンは息を吸い込んだ。私は今、ここにいる。遅すぎることはない。この状況を改善して、過去に失ったものを少しでも埋め合わせるのだ。

「そうね。みんなが喜んだわ。父だけは違ったけれど。彼は自分の理解できない言葉を話し、冗談に笑う母に腹を立てていたから」ふたたび涙が目にしみたが、シモーンは泣きたい衝動をこらえた。彼女は父親を愛していたが、彼を揺すって、全世界を敵にまわす必要はないとわからせたかった。「今は二人ともいないし、フェリペもじきに死んでしまう」涙があふれ、シモーンは顔をそむけて頬をぬぐった。

「この数カ月はつらかっただろうね」

シモーンはぎゅっと目を閉じた。アレサンデルがこれほど……理解しているような口調でなければいいのに。私は同情など求めていない。求めているのは解決法だ。「とにかく」彼女はふうっと息を吐き出し、陰鬱な思いを吹き飛ばした。「この件については——私たちの取り決めについては、故郷の人にも話す気はないの。それなら帰国したあと、私の短い結婚のどこがどうまずかったか、説明する必要もないわ。みんなに〝それ見たことか〟なんて言われたくないし」

「誰にも知らせないのか？　君のほうで式に一人も参列しないのはおかしいと思わないか？　信頼して秘密を打ち明けられる友達は？」

その問いに、シモーンはふふんと笑った。信じていた親友はいた。小学生のころから、彼女とカーラはたがいの花嫁付き添い役《ブライズメイド》を務める日を夢見ていた。二人はすべてをわかち合った。だが、それもシモーンがデイモンの浮気現場を発見した日に終わった。カーラは恋人まで彼女とわかち合っていたのだ。

しかも、ただ彼をわけ合っていたのではなく、シモーンのベッドでわけ合っていた。これはただの裏切り以上にたちが悪い。

ほかの友人に関しては――シモーンがどんなに頼んだとしても、ネットに結婚の噂《うわさ》や写真が流れないとは言いきれない。何より、シモーン自身が誰にも知られたくなかった。「さあ、どうかしら。もしかしたらラスベガスに飛んで、そこで結婚したほうがいいのかも。帰ってきてから、すべてすんだと言うだけですむし」

「孫娘を連れて祭壇まで向かう喜びをフェリペから奪うのか？　いがみ合っていた家族の男が君をかすめ取って結婚したとなったら、どうして彼の残りの日々が明るくなる？」アレサンデルはその言葉がシモーンに伝わるのを待って先を続けた。「それに、どうしてみんなが信じる？　目の前で僕たちが結婚するところを見せたほうが、ずっと説得力がある」

シモーンは窓の外を見て、唇を噛《か》んだ。車は速度を落とし、フェリペの縮小された土地に通じる細い坂道をのぼっていく。アイデアが浮かんだとき、この計画はいたって簡単に見えた。アレサンデルと結婚して婚し、フェリペに彼の大事な葡萄畑がふたたび一つになったと信じさせ、最後の日々を過ごしてもらう。ところが、考慮に入れていなかったことがたくさんあった。

教会で盛大な結婚式を挙げるのは気が進まなかった。役所で手短にすませるほうが、婚姻を解消するのも楽そうだし、まやかしも小さい。まやかしに大小があるとしたら、だけど。

もしかしたら、ずっと自分をだましていたのかもしれない。最初からこの計画は実現不可能だった。今になって、それが見えてきたのだ。

ただし、アレサンデルは可能だと考えているようだ。そうでなければ、どうしてここまで付き合うの？　シモーンはアレサンデルに向き直った。「本気でうまくいくと思っているの？」

彼はシモーンのほうを見た。「気が変わった？」

「いいえ、そうじゃないの。ただ……簡単だと思ったのに、考えなければならないことが多すぎるから。細部まで検討しなければならないでしょう」

「アイデアを出すのは簡単なんだ。それを実現させるには手間がかかる」

「それで、あなたはやり遂げられると思うの？」

「僕は期待をかけているよ」

土地に、という意味だ。シモーンはシートにもたれながら考えた。彼は土地を当て込んで、やり遂げるつもりなのだ。だからといって、腹を立てることはできない。アレサンデル・エスキヴェルを味方に引き入れることこそ、計画の最大の強みだからだ。

ほかに何もないとしても、アレサンデルが成し遂げてくれるだろう。

〝ああ、そうだ、僕は期待をかけている〟とアレサンデルは考えた。見たところ、いいこと尽くしで、失うものは何もない。

彼は小さな農地に通じる私道に車を乗り入れたと

たん、何かが変だと気づいた。とてもまずい。九月なら、生い茂る葉がつり下がる実を守っているはずだ。ところが、私道の両脇の葡萄は蔓が伸びすぎてからみ合い、あちこちで葡萄棚が崩れ落ち、蔓が地面を這《は》っている。

私道の先の小さな家は、同じく見放された雰囲気があった。

「フェリペは収穫をどうするつもりなんだ？　ひと月もしないうちに葡萄は熟すぞ」

「とくに何も。たとえちゃんと収穫をしたいとしても、そうするだけの体力はないと思うわ」

「でも、人を雇っているはずだ。そうだろう？」

シモーンはアレサンデルに険しい視線を向けると、シートベルトをはずしてドアを開けた。「これで働いている人たちがいるように見える？」

アレサンデルが悪態をつくあいだにシモーンが車を降りようとした。彼はなんとか腕をつかんで引き止めた。「待てよ！」

シモーンがぱっと振り向くと、ブルーの瞳に冷たい炎が燃え上がった。

「僕が葡萄棚を直しておくよ」

「どうでもいいわ」シモーンが腕をもぎ離そうとしたので、アレサンデルは手に力を込めて彼女を引き寄せた。

「僕たちは友達のはずだろう。そう、おたがいに夢中になるかもしれない友達だ。僕に対して怒るのは勝手だが、一人のときにしてくれ。今、僕たちにはしなければならないことがある」

「つまり、人をだますことね」

「これが君の望みじゃないのか？　なんなら僕は今すぐ手を引いたっていい。何カ月か待てば、ここは完全に荒れ果てる。そうなったら、底値で君から買い取ればいいんだから。あるいは、君のやり方を選ぶこともできる。どちらにするかは君しだいだ」

シモーンは目をしばたたき、家を見上げた。外のようすをうかがう、しわだらけの顔が窓に見える。彼女は車の中からにこやかに祖父に手を振ると、アレサンデルに向き直った。「もちろんやるわ」

「それならいい。だったら、僕にもその笑みを向けて、親しげなところを見せてくれ」

シモーンはカップ一杯分の甘味料を混ぜたような甘ったるい笑顔を向けた。「送ってくれてどうもありがとう、セニョール・エスキヴェル」聞こえるように言ったわけではなく、窓辺の男性にそんな印象を与えるためだった。「あなたに会えてよかったと言いたいところだけど、それではとんでもない嘘《うそ》になるから」

アレサンデルは彼女が車を降りる前にその手を取って、唇を押し当てた。唇が肌をかすめたとき、シモーンの目が熱い火花を発した。彼はそれが大いに気に入った。「最初に思ったよりもずっとこの結婚が楽しめそうな気がしてきたよ」

シモーンの笑みが大きくなった。彼女は小さな笑い声まであげてみせた。「それはよかったわね。私はなんだかうんざりしてきたところよ。あなたのせいかも」

「僕は気に入られたくてやっているんだが」

シモーンは手を引き抜くと、車を降りた。

「笑顔を忘れないように」アレサンデルが彼女のうしろで言った。

「そいつはここで何をしている《ソル・エギテン・ダ・エメン・スエン》？」シモーンが家に入ると、フェリペが窓辺の椅子から尋ねた。

「なんて言ったの、お祖父ちゃん？」シモーンは身を乗り出して、白いひげのちくちくする痩せこけた両頬にキスをした。

「彼はここで僕が何をしているのか、知りたがっているんだよ」

シモーンは背後のアレサンデルにうなずいてありがとうを伝えると、振り返って彼を中に通した。祖父のスペイン語を理解するのにも苦労しているのに、この地方のバスク語を話されると、完全にお手上げだった。

それから部屋を見まわし、さらにもう一度見まわした。祖父と二人でいるぶんにはちょうどいい広さの質素なコテージが、縮んでしまったように感じられる。天井は訪問者の頭のすぐ上に迫っていた。シモーンは目をしばたたくと、祖父に向き直った。

「サン・セバスティアンで偶然アレサンデルに会ったのよ」車の中で作り上げた物語を披露する。「おしゃべりするうちに、隣同士だとわかったの。それで彼がここまで送ってくれたのよ。おかげでバスに乗らずにすんだわ」

祖父は不満げにうなると背を向け、いやみたっぷりに窓の外の失った土地と葡萄畑を見た。何を伝えたいのかは明らかだったが、祖父の目には恨み以外のものも見えた。悲しみもあったし、心の傷もあった。シモーンは客に向き直り、かぶりを振った。アレサンデルは歓迎されるとは思っていなかったと言いたげに肩をすくめた。

「葡萄のようすはどうですか、フェリペ?」彼は尋ねた。「ここ何年かで最高の出来だそうですが」

窓辺からまたうなり声が聞こえた。

アレサンデルはあきらめた。「帰ったほうがいいみたいだ」

「ディナーまでいられないの?」彼にそうしてほしいと思っているのかどうか、自分でもわからなかった。車の中でのやり取りが彼女を落ち着かない気分にさせていた。それでもアレサンデルのほうは、送ったあとにそう尋ねられるのを期待しているかもしれない。

彼はかぶりを振った。「君の時間をこれ以上邪魔する気はないよ。フェリペ、また会えてよかった。ずいぶん久しぶりですよね」

老人はわざわざ顔を向けることもなく、節くれだった手をひらひらさせた。

「出ていく前に、一つお願いがあるんですが」

老人の顔がわずかに客のほうを向いた。

「日曜の夜、マルケル・デ・ラ・シルヴァの六十歳の誕生パーティがあるんです。お孫さんを誘ってもいいか、うかがっておこうかと思って」

筋張った首がねじれ、フェリペの表情のない目がシモーンを見た。「おまえは行きたいのか？」

「ぜひ行きたいわ」シモーンはアレサンデルがフェリペに許可を求めたのが気に入った。二つの家族は長年いがみ合っていたかもしれないが、彼の誠実そうな言葉には敬意の響きがあった。とはいえ、フェリペに断られたら、彼はどうするのだろうかとも思った。「もちろん、許可がもらえたら、の話よ」

フェリペはただうなっただけだった。「ここにいるあいだは、おまえの好きにすればいい」

「つまり、イエスということね」何を着ていくかを考え、シモーンはすでにパニックに陥っていた。ここに来るために荷物をまとめたとき、パーティドレスは優先順位の最上位にはなかった。二週間滞在するだけのつもりだったからだ。もっとも、選べるほど持っているわけではないけれど。またサン・セバスティアンまで出向いて、学生の限られた生活費でまかなえるドレスを見つけなければならない。

アレサンデルも同じことを考えたに違いない。シモーンが今着ているものから、スペイン上流社会のパーティにふさわしい服を持っていないとわかったのか、顔をしかめている。「君はドレスを持ってきたのか？」

「いいえ。でも、これから何か見つけるわ」

「僕が買い物に連れていこう。明日にでも。午前中は仕事があるが、三時でどうかな？」

「あれには気をつけなさい」フェリペがスプーンでパエリアを食べながら言った。食欲は徐々に落ちていて、今では一つの皿に手をつけるのがやっとだった。「あの男には注意するんだぞ」

「アレサンデルのこと？　私には彼は……」シモーンは〝傲慢〟や〝人でなし〟以外の言葉をさがした。「とても楽しい人に思えたけれど」

「あの男がおまえに興味を持っているとでも思ったのか？　は！　私がどれだけ死に近づいているか確かめに来ただけだ」

「違うわ、お祖父ちゃん。なぜそう言えるの？　どうして彼がそんなことをするの？」

「ほかに理由があるか？　あの男は葡萄畑を欲しがっている。すでに四分の三を手に入れ、残りも欲しいんだ。私の言葉を覚えておきなさい」

シモーンはフォークを置いた。鉛をのみ込んだように胃が重く感じられる。取り引き成立となった今、彼は葡萄畑を所有したも同然だ。私が何をしたか知ったら、祖父はなんと言うかしら？

正しいことをしたまでだ。シモーンはそう自分に言い聞かせた。結婚が公表されたら、フェリペはふたたび自分の葡萄畑が——オチョア家が代々守ってきた財産が一つになると知って祝ってくれるだろう。

それにフェリペが死んでしまったら、誰が葡萄畑を所有しようとどうでもいいのでは？　きちんと管理できる人が持っていたほうがいい。

「それは誤解よ。彼のお父さまと過去に衝突したのは知っているけれど、アレサンデルはお祖父ちゃんの主張するような情け知らずじゃないはずよ」

「やつはエスキヴェル家の人間だ。もちろん情け知らずに決まっている！」

「サン・セバスティアンで待ち合わせてもよかったのよ」翌日の午後、シモーンが彼女のために車のドアを開けたアレサンデルに言った。「わざわざここまで来る必要はなかったのに」

「君のために来たわけじゃない」彼は家の窓を見上げた。老人が顔をそむける前に、しかめっ面が見えた。アレサンデルは手を振った。「フェリペにも一緒にいる僕たちを見慣れてもらわないと」

「ああ」シモーンは傷ついたように見えた。「もちろんそうね」それから黙り込むと、車に乗った。アレサンデルの頭の中で警報ベルが鳴りだした。もし彼女に対する気づかいを、興味を持っているせいだと思われたとしたら……。

そんなふうに思ってほしくない。アレサンデルは車を出し、フェリペの詮索するような視線から充分離れた私道の先で口を開いた。

「君に念を押しておいたほうがいいかもしれない。僕たちはこの芝居を演じる俳優だ。それらしく見せなければならない。まず二人は付き合っていると。それから恋に落ちたと。しかし、これは便宜的な結婚であり、ずっと便宜的な結婚のままだ。形だけの結婚だな。それが君の望みであり、そのとおりのものしか手に入らない。もし僕が君に好意を見せたとしても――もちろん演技の一部としてそうするつもりだが、僕が君を愛してしまったからじゃない。ほかの人たちを納得させるためだ」

アレサンデルは横目でシモーンを見た。

「わかっているね？」

「ええ。当然じゃないの。私が誤解しただけよ。あなたがただやさしくしてくれたんだと思った私が間違っていたわ」

彼女の反応に、アレサンデルはちらりと笑みを浮かべた。シモーンのオーストラリア人的な率直さは魅力的だが、同時に、家まで迎えに行くというような単純な行為を、興味を抱いた証拠として好ましく受け止められるのは心外だ。これはフェリペのためだとシモーンは言った。だが、どうしてほとんど知らなかった気難しい老人のために、自分の相続分を放棄するのだろう？　あの老人が幸せそうにしているのを僕は見たことがない。おそらく今後も見ることはないに違いない。

それとも、シモーンは最初から別の計画を練っていたのだろうか――偽りの結婚を本物にして、ささやかな相続分で贅沢《ぜいたく》な暮らしを手に入れるつもりなのか？　セックスはなしという条件に固執したのも、僕を安心させるためだったのでは？

「警告しておこう。今後は、僕がただやさしくしたなんて思い込まないでくれ。それは誤解だから」

「心配しないで」シモーンはきつく言い返した。「二度と同じ過ちは犯さないわ」

5

ブティックはサン・セバスティアンのメインストリート、ラ・アヴェニーダを少し入った車両通行禁止の細い通りにあった。街路樹の茂る道にはプランターが置かれ、高級ブティックとミシュランに載るレストランが軒を連ねている。魅力的な三、四階建ての建物の上階は、予約客限定のホテルだ。リッチな雰囲気漂う一角だ。

アレサンデルがそのブティックの一つに向かったとき、シモーンは限られた予算を考えて躊躇《ちゅうちょ》した。もっと手ごろな店に行くのだとばかり思っていた。

「高そうだわ」

「そうだ。下品な金持ちだけがここで買い物をするんだ」

シモーンはぴたりと足を止めた。買い物はもちろん、足を踏み入れるだけでも無理だ。「私向けのお店じゃないわ」

「だから僕が連れてきたんだよ。君がこの結婚を成功させるために必要なドレスを買えないのはわかっていたから」

「何も買えないとわかっているなら、中に入る必要もないでしょう」

アレサンデルはシモーンを引き寄せると、彼女にだけ聞こえるように顔を近づけて言った。「君がエスキヴェル家の花嫁にふさわしいとみんなを納得させるつもりなら、どこかの安売りのデパートで売られているようなぼろを着ているわけにはいかないんだ。誰も信じてくれないだろう」シモーンは反論しようとして口を開けたが、アレサンデルが片手を上げて黙らせた。「とくにマルケルの誕生パーティのような重要なイベントでは絶対にだめだ。さて、時間を無駄にしてしまったようだ」

「まさか私がこんなところで――」

「君に払ってもらおうなんて思っていない。もちろん、僕が払う。高い金を出すだけの価値があるんだ。念のため言っておくと」彼はさらにつけ足した。「僕はやさしいわけじゃない」

シモーンは気力を奮い起こして彼にほほえみかけた。「そんなことで非難する気はなかったけど」

シモーンが気づいたときには、導かれるというより押し込まれるように静かなブティックに入っていた。壁に何も飾りのない部屋に、ただ整然と服がつり下げられている。それでも、飾ってある商品を見たとたん、自分のカプリパンツにレモン色のカーディガンという格好はカジュアルすぎると感じた。ちょっとした遠出の買い物にはちょうどいいと思った服装も、手染めのシルクとデザイナーもののデニムの世界では、どう転んでもふさわしくない。

とはいえ、洗練された二人の店員は気づいたようにも、気にしているようにも見えなかった。どちらも大きな笑みときらきらした目でアレサンデルを迎えた。彼がこれほどハンサムでなくても、彼女たちは金のにおいを嗅ぎつけたに違いない。

アレサンデルがシモーンにはわからない早口のスペイン語で話しかけた。女性たちは彼女のほうをちらりと見てサイズを見極めると、二人だけでひとしきりしゃべってから、一人がドレスの並ぶラックの前を通り過ぎて奥の部屋に消えた。そのあいだにもう一人が名を名乗り、アロンドラとエヴィータがどんなことでもお役に立ちますと言った。「それにあなたは運がよろしいわ、セニョリーナ」アロンドラは興奮したようすだった。「特別なドレスが今日、入荷したんです。限られた商品なんですよ。スペインのどこにもないものですから」

しばらくして彼女の同僚が色鮮やかなドレスを四着、腕に抱えて戻ってくると、比較できるように並べてラックにかけた。「いかがです?」

それぞれ色もデザインも異なっていた。ストラップのないもの、ワンショルダーのもの、色は薄紫から真っ赤まで、すべて違う。ただ一つの共通点は、どれも高級品だということだ。

「すごくすてき」シモーンはビーズ飾りや細かいプリーツ、やわらかなスカートのドレープなど、手の込んだ作りに圧倒された。これほど美しいドレスがまもなく自分のものになるなんて信じられない――しかも、着る機会は一度だけなのだ。

「あれはどう?」アレサンデルが背後から言った。シモーンが振り返ると、彼は一着だけ別にしてあった明るいブルーグリーンのドレスを見ていた。ストラップがなく、ぴったりした身ごろはプリーツが寄せてあり、スカート部分はラッフルが重なっているが、腿のなかばからスリットが入っている。大胆でセクシーなところが、いかにもスペインらしい。飾りがないのに、とても派手なのだ。するとアレサンデルの声が聞こえた。「君の瞳によく似合う」

シモーンは落ち着かない気分でアレサンデルを振り返った。彼はいつ私の瞳の色に気づいたの？

女性たちがふたたび早口のスペイン語で話しはじめ、それに対してアレサンデルがひと言尋ねた。

「誰が？」そして答えを聞いてにっこりし、彼女たちにいくつか指示を出すと、最後にシモーンに向かって言った。「着てみてごらん」

ハイヒールの靴と付属品が現れ、女性の一人がシモーンにドレスを着せ、もう一人が彼女のポニーテールを夜の外出に向く乱れた感じのまとめ髪にアレンジした。すべて終わったとき、シモーンは鏡で見て唖然《あぜん》とした。驚いた、本当にこれが私なの？　丈が少し長いのを除けば、あつらえたかのようにぴったりだ。だが、この何カ月かでどれほど痩せてしまったのかがよくわかる。手持ちの服もすべてぶかぶかになってしまったのだ。

「気に入ったわ」シモーンは自分を変身させたドレスの威力に驚嘆していた。

「丈はお直しいたしますから」アロンドラが言う。

「メイクしてアクセサリーをつければ、もっとすてきになるわ」エヴィータがうれしそうに声をあげる。

「あなたの彼氏に見せてあげて」

アレサンデルは私の彼氏じゃないわ。シモーンはもう少しでそう言いそうになった。でも、考えてみれば、今はそんなようなものだ。

シモーンが試着室から出たとき、アレサンデルは背を向け、電話で話していた。邪魔をしたくなかったので声をかけなかったが、彼は気配で察したのか、話しながら振り返った。そして彼女をじっと見つめたまま突然黙り込んだ。それから電話に向かって短く何かを言うと通話を切り上げ、電話をポケットに入れた。

シモーンは緊張しながらほほえんだ。アレサンデルにこの姿を気に入ってもらいたいと思った。彼にどう思われようとかまわない。けれども、二人が合意書にサインをする前に、彼女がきちんと計画を実行できるという確信を持ってほしかった。「どう思う？　パーティに行けるかしら？」

アレサンデルが答えるまで、永遠と思えるほど長い時間がかかった。あまりに待たせるので、シモーンは自分が課題をこなせないせいで彼はこの取り決めを後悔しているのだろうかと考えた。「ああ」ようやくアレサンデルが気のない口調で言った。「大丈夫だ。これから一時間ほど僕は失礼させてもらう。どうしてもはずせない会議があるんだ。こちらのセニョリータたちに昼間と夜の服を一式用意してほしいと頼んだから、あとは有能な彼女たちにまかせるよ」そう言うと、彼は店をあとにした。

シモーンはわき上がる落胆を抑えつけて、試着室に戻った。女性たちはあちこち忙しく走りまわって、シモーンに試着させる服を選んでいる。アレサンデルはあのドレスを認めた。これで充分ではないか。そう、充分だ。彼の反応に落ち込む理由はない。

一方、憤りを感じる理由なら山ほどある。シモーンはここにドレスをさがしに来た。そして、その目的は果たした。ところがアレサンデルは一式用意するよう指示を出した。二人が付き合っていると周囲を納得させるためには、シモーンの手持ちの服では必要とされるエスキヴェル家の標準に達しないと思っている。アレサンデルとは住む世界が違うのはシモーンも理解している。彼の世界は成層圏の中のどこかにあるのだろう。それでも、ことあるごとにその事実を思い知らされるのは、実に腹立たしい。しかも、シモーンの意見も聞かずに彼が指示を出したのは、もっと腹立たしい。

「そのドレスなら、あなたも大満足ね」アロンドラが言った。

「とってもセクシーに見えるって、あなたの彼氏も思っているわ」もう一人が言う。

アレサンデルは彼氏ではないし、私が合格点に達し、彼の連れとして受け入れられるかどうかが気になるだけで、私の見た目などなんとも思っていないのではないかしら。シモーンはそんな疑いを持った。

「でも、口数は少なかったわ」

「彼の目を見なかったんですか？」女性たちは顔を見合わせた。「彼の目ですよ。多くを語っていたわ。彼はあなたを魅力的だと思っていた」

よくある店員のお世辞だ。シモーンはドレスを脱ぎながら考えた。アレサンデルの目に何かが見えたとしたら、貪欲な期待だろう。フェリペの葡萄《ぶどう》畑の残りが手に入ると考えていたのだ。

そもそもアレサンデルは私を魅力的だなんて思っていない。私は彼の好みのタイプではないし、それはべつにかまわない。むしろいいことだ。彼がまったく私に興味を持っていないとわかっていれば、接するのも楽だ。

とにかく、アレサンデルに余計な感情を抱きたくなかった。それならタオルだけしか身につけていない彼の姿がどんなにすてきだったかを考えて、時間を無駄にすることもない。ああ、彼はどんなにすてきだったかしら。おまけに、あの刺激的な香り、ハンドルを握る長い指、触れられたときの肌を焦がすような……。

だめ、アレサンデルが私に興味がなくてよかったと思わなくては。セックスなしだからこそ、うまくいく。同意書にその条件が明記されると思うと、ほっとする。けれども、アレサンデルが迫ってこないとわかっているのは、もっと安心だ。

少なくとも、二人のうち一人は冷静に考えられるということだから。

会議はうんざりするほど長かった。アレサンデルは自由に使えるクレジットカードを渡したまま、シモーンをこれほど長い時間ほうっておく自分に驚いていた。だが、彼女はもはや買い物をしていなかった。彼は近くのレストランの外のテーブルで、ピンチョスをつまみながらモヒートを飲む三人の女性を見つけた。「まさかこれは」彼女たちに加わりながら、半分本気で言った。「シモーンが店のものをすべて買い占めたって意味じゃないだろうな」

シモーンは顔を赤らめ、うしろめたそうな笑みを浮かべた。彼もほほえんだ。顔を赤らめる女性など、最近では見たことがないからだ。それに、シモーンはすっかり見違えてしまった。先ほどとは着ているものが違う。得体の知れないぼろではなく、オレンジとティールのふんわりした柄物のシルクのブラウスを着ている。だが、ほかにも理由があると彼は確信した。

「私たちが誘ったんです」店員の一人が言った。「シモーンを休む暇もなく働かせてしまったので、ゆっくりしてもらおうかと思って」

「ほんとに大変だった」もう一人が言った。「でも、手早く片付いたから、向かいの美容院にご案内したんですよ。新しいシモーンはお気に召して?」

言われてみると、プロがスタイリングしただけでなく、ハイライトが入っている。ハニーブロンドに交じって、朱色と薄茶色の細い筋が光を反射し、どういうわけか髪に深みを与えていた。アレサンデルはうなずいた。「いいね」

「あなたを引き止める気はないわ」シモーンがぎこちなく立ち上がった。アレサンデルの視線を受けて、頬が真っ赤に染まっている。

「これで全部?」そばに小さな手提げ袋がいくつかあるのを見て、彼は尋ねた。

「ドレスは丈をつめる必要があるんです」店員の一人が言った。「明日、お届けしますわ」

「だが、残りはこれで全部?」

店員の一人が笑った。「あなたの恋人は全然買い物好きじゃないんですよ、セニョール。ずいぶん説得したんだけど、彼女は私たちが選んだものを一つも買おうとしなくって」彼女はうなずいた。「あなたはとっても幸運な人ね」

女性たちは店に戻り、シモーンは手提げ袋を取り上げた。

アレサンデルはシモーンの前に身を乗り出して最後の一つを取り上げながら、太陽に温められたピーチのような彼女の香りを吸い込んだ。美容院が使ったシャンプーの香りだとしても、彼は気に入った。シモーンが変身したのも気に入った。今も彼の好みのタイプではないが、このほうが芝居をするのも楽になる。「彼女らは僕たちが恋人同士だと思ったみたいだ」

「知っているわ。でも、訂正しても意味がないし」

「いや、これでいいんだ」アレサンデルは車を止めた場所にシモーンをいざなった。「そう思わせているんだから。一緒に買い物をしているのを見て、恋人同士だと思ったんだとしたら、僕たちがキスしているところを見たら、どう思うだろうな」

キスしているところを?「あなたは私が着る服を〝そろえた〟のよ」シモーンの心はアレサンデルのキスのことでいっぱいになった。いつ?どんなふうに?今から?「ただ〝買い物していた〟わけじゃないわ」

アレサンデルが肩をすくめた。「簡単にみんなを納得させられると思ったんだよ」

ゲタリアに着く手前で、シモーンは尋ねたかったことを思い出した。「さっきお店で何を言っていたの？　ドレスのことで何かきいていたでしょう」

アレサンデルが横目で彼女を見た。「いつ？」

「ドレスをまとめて見せてもらったとき、あなたが〝あれはどう？〟みたいなことを言ったでしょう。あのあとよ。あなたは早口だったから、理解できなかったの」

アレサンデルはかぶりを振った。「なんのことかわからないな。ドレスは買った。違うかい？」

「つまり、どうして彼女たちはあれだけ別にしたのか、ということなの。私に似合わないと思ったのかしら？」

「あれか。ほかの客があのドレスを見て興味を持ったらしい。それだけだ」

「誰かのために取っておいたという意味？」

アレサンデルが肩をすくめる。「今となってはどうでもいいことさ」

「売れてしまったら、その人はがっかりしない？」

彼はほほえんだ。「そうだろうな」

シモーンはシートにもたれて膝の上で両手の指をからみ合わせた。真っ赤な爪は先ほど塗ってもらったに違いない。アレサンデルは感心した。彼女は忙しい午後を過ごしたのだ。

「あなたにお礼を言わないといけないわ」シモーンが言った。「服やもろもろのことを」

「そのくらいではまだ足りないだろう」

「からかわないで」シモーンはかぶりを振った。「山のように買ったのよ。いくらかかったか考えるのもいやだわ。でも、念のために言っておくと、美容院では自分で払ったの。調子に乗って使い込んでいるなんて思われたくなかったし……」

本当にそう思っているのか？　それとも、これもまた別の戦略なのか？　アレサンデルの知り合いの中に、他人の金を使うのをいやがるような純朴な女性はいなかったからだ。だが考えてみれば、シモーンのように突拍子もないことをする女性もいなかった。なぜ彼女は祖父のためにこれほど大がかりなことをしようとするのか？　わからないのは気に入らないが、シモーンが妊娠して土地の所有権を主張するようなこともなく、最終的に葡萄畑を手に入れられるなら、なんだろうとかまわない。

気に入ったのは、彼女が顔を赤らめるところだ。肌の色が薄いせいなのか、それとも罪深い秘密を抱えているからか。アレサンデルはちらっとシモーンを見た。美容院が彼女の髪に何をしたにしても、彼は気に入った。だからといって、シモーンに言うつもりはなかった。彼女の動機が疑わしげなのを考えると、あまりその気にさせないほうがいい。

アレサンデルは急カーブの手前でギアを切り替え、同時に頭のほうも切り替えた。

「君も自分の金は取っておきたいだろう」思っていた以上にぶっきらぼうな言い方になった。「故郷に帰るときのために。金が必要になるから」

シモーンはバケツ一杯の冷水を浴びせられた気分だった。でも、なぜそう感じるの？　それ以上に、どうして気にするの？　シモーンにとって、アレサンデルは問題解決の手段だ。彼にとっても、シモーンは目的達成の手段でしかない。

これは合意のうえでの取り決めだ。

だったら、どうしてアレサンデルはこの取り決めが永遠のものでないと念押しするのがこれほど重要だと感じているのだろうか？

私がそれを望んでいないと信じているの？

シモーンは振り返ってアレサンデルの力強い高貴な横顔を見た。完璧すぎて、現実のものとは思えない。「いったい何をそんなに怖がっているの？」

「どういう意味だ？」

「ことあるごとに、この取り決めが一時的なものだと私に念押しする必要に迫られるみたいだから。“故郷に帰るときのために、自分のお金は取っておきたいだろう” って言ったわよね。私はこの件が期限つきだとわかっているわ。最初にそう望んだのは私のほうなのよ」

「なんの話かわからないんだが」

「私がこの取り決めを長続きさせたい、長続きすればいいと思っていると誤解し、それにもとづいて策を弄しているみたいだからよ」

アレサンデルは彼女の主張を笑い飛ばした。「君がそう言っても、それは口先だけだ」

「私はそのとおりのことが書かれた書類にサインするのよ！　私がその条件を――二人のあいだにセックスは介在しないという条件を含めてくれと強く要求したの。いつになったら私を信じてくれるの？　あなたの妻になりたいなんて思っていないわ。ただフェリペに、分割された葡萄畑が一つになると納得させたいだけ。彼がこの世を去ったら、できるだけ早く結婚を解消するつもりよ。合意書にもその事実が明記されているものと思っているわ」

アレサンデルはギアを切り替え、カーブを曲がってフェリペの葡萄畑に向かう細い道に入った。「人力の及ぶところ、及ばぬところにかかわらず、できるかぎり早く用意すると保証しよう。ただちに君を自由にしてあげるよ」

「すばらしいわ。だったら私たち、これでおたがいに理解し合えたというわけね」

「ああ、そうだな」アレサンデルは歯を食いしばって言った。「完璧に理解し合えた」

翌朝シモーンが朝食を作っていると、大きな音が聞こえた。「あれはなんだ？」フェリペが不機嫌な顔で尋ね、原因をさぐろうと窓の外をのぞく。

「何かしら」シモーンは卵料理の皿をフェリペの前

に置いた。「見てくるわ」

　朝の空気はすがすがしく、ひんやりとしていた。これから暑くなるだろうが、今は空気も冷たく、むき出しの腕には鳥肌が立ち、胸の先端が硬くなる。シモーンは外に出る前に何か羽織ればよかったと思いながら、胸の前で腕組みをすると、音のするほうに向かって私道を進んでいった。

　カーブを曲がったとき、四輪駆動の車が止まっているのが見えた。誰かが葡萄の陰で作業をしている。葡萄棚が蔓《つる》の重みで崩れている場所だ。たしかアレサンデルがそこを直すとかなんとか言っていた。あのときには聞き流したが、彼は本当に人をよこしたらしい。葡萄畑が手に入る前に、少しでも損失を補填したいのだろう。

　たとえ彼なりの理由でしているにしても、シモーンにとってはありがたかった。

「おはよう《ブエノス・ディアス》」彼女は金槌《かなづち》の音に負けない声で呼びかけた。「よければ何か持ってきましょうか?」

「コーヒーがいいな」なじみのある深い声が返ってきた。アレサンデルが片腕でからみ合う葡萄の蔓を押しやり、顔をのぞかせた。

「あなただったの?　ここで何をしているの?」

「ここを直すと言ったじゃないか」

「でも、てっきり誰かをよこすと思っていたの。あなたが来るとは思わなかった」

「とにかく、僕が来た」

　アレサンデルの視線がシモーンの全身をなぞった。胸の先端が硬くとがったのは寒さのせいではなく、突然体が熱くなったせいだ。

「コーヒーを持ってくるわ」シモーンはたじろいだ。頬は熱さで赤くなった。

　彼女が背を向けたとき、アレサンデルがにっこりした。「頼むよ」

「誰なんだ?」シモーンが家に戻ると、フェリペが尋ねた。「あの騒音は誰がたてている？」

シモーンはマグカップにコーヒーをついだ。「アレサンデルよ。壊れた葡萄棚を直しているの」

「どうして？　私の葡萄畑にいったい何をしている？」立ち上がって文句を言いに行くつもりなのか、フェリペが椅子の上で体を前後に揺すった。「やつにはあれはいじらせない！」

「お祖父《じい》ちゃん」シモーンはフェリペの肩に手を置くと、そっと力を込めた。胸に罪悪感が込み上げる。じきにあれはアレサンデルのものになり、彼は好きなようにできるのだ。「彼は隣人らしくふるまっているだけよ」

「隣人らしくだと？　はは！」だが、フェリペは椅子にもたれた。すでに力尽き、息切れしていた。

「そうよ、隣人らしくね。そろそろエスキヴェル家とオチョア家のあいだの積年の恨みを葬り去ってもいいころじゃないかしら。そう思わない？」

フェリペがバスク語で何かをつぶやいた。いつもならシモーンもどういう意味かと尋ねるのだが、今回は訳してもらわなくてもよくわかった。「アレサンデルにコーヒーを持っていく。すぐに戻るわ」

「葡萄だ」彼女が出ていくとき、フェリペはか細い声で言った。「やつはおまえが欲しいんじゃない」

シモーンは何も言わなかった。フェリペが正しいとしても、それを教える必要はない。いずれ逆のことを彼に信じさせなければいけないのだ。

アレサンデルは葡萄の蔓の下で忙しく作業していた。シモーンはアレサンデルの車にもたれて、働く彼の姿を眺めていた。アレサンデルが手仕事が得意だとは思わなかった。だが、彼は自分が何をしているかよくわかっているように見えた。

アレサンデルは新しい杭《くい》を立て、壊れた葡萄棚の針金をねじってつないだ。シモーンは彼が肉体労働をするようすも、浮き上がる腕の筋肉も気に入った。

アレサンデルは手先が器用だ。

シモーンはあえて目をそむけ、彼が作業を終えるまで海に視線を向けていた。そんなつもりはないのに、どうして彼は私に性的なことばかり考えさせるのだろう？　彼がセックスはなしという条件に同意してよかった。私は愛してくれる人とでなければ、絶対にベッドをともにしない。心の底から愛しているとは言えない男性の子を妊娠したかもしれないと思い、不安におびえる経験は一度で充分だ。

「それは僕の？」アレサンデルに尋ねられ、シモーンははっとした。物思いにふけるあまり、彼が近づいてきたことに気づかなかった。振り向いてみると、作業はすべてすんでいる。これまで地面を這《は》っていた葡萄の蔓も、ふたたび高い葡萄棚の上にあった。

「ええ、そうよ」シモーンはマグカップを差し出し、二人の指が触れ合った瞬間、その手を引っ込めた。

アレサンデルはコーヒーを飲みながら考え込むように彼女を見つめ、やがてうなずいた。

「おいしいよ《ブエノ》。今朝のフェリペはどう？」

「信じていないわ。あなたの行動を疑っている」

アレサンデルがにっこりした。「彼は機嫌を直すよ」そしてコーヒーを唇に近づけた――すてきな唇に。突然シモーンはここに立って、男性がコーヒーを飲むのを眺めていることに気まずさを感じた。

「どうしてわざわざあんなに高いところに蔓を這わせるの？」ようやく話題を思いついたので、質問した。「世話をするのが大変になるだけなのに」

アレサンデルは肩をすくめた。「ここではそういうものなんだ。海のせいで厳しい気候のときもある。蔓が天蓋を作ってその下の実を守り、成長を助けるんだよ。それにもちろん……」彼はほほえんだ。「高いほうが海の眺めもいいからね」

子供のころに聞いた言葉がよみがえり、シモーンは目をしばたたいた。ずっと忘れていた記憶の断片だ。老人が葡萄畑をまわり、シモーンは彼につきまとって際限なく質問を繰り出した。彼ははさみで蔓を切ったり刈り込んだりしながら、スペイン語と英語が入りまじる言葉で答えた。自分の葡萄は魔法の葡萄だと言う彼は、どうしてなのかとシモーンに問われ、何が魔法の葡萄を作るのかを教えてくれた。

〝海のきらめきだよ〟

アレサンデルはなかば伏せた目でシモーンを見つめていた。「眺めのいい場所の葡萄が最高のワインを作る。グラスにつぐとき、チャコリワインが泡立つのは、それが理由だと言われている」

「本当に?」

「もちろん本当さ。発酵させるプロセスにも関係があるよ。だが、これほどすばらしい景色を葡萄が楽しまないわけがない」

二人はしばらく立ったまま景色を眺めていた。丘の斜面の葡萄畑は海岸まで続き、海は朝の太陽を浴びてきらめいている。そして彼に触れられたシモーンの肌はうずうずした。

「うんざりさせてしまったかな」アレサンデルが言った。「君は葡萄に興味がないのに。コーヒーをありがとう。僕は残りの作業を終わらせないと」

シモーンは温かさの残るカップを受け取り、両手で包み込んだ。葡萄に興味はない。それでも、葡萄の何かが彼女の心に引っかかっていた。「もっと大事な仕事があるんでしょう? あなたは会社を経営していると思っていたけれど」

「僕はこの仕事をしながら育った。これが好きだし、最近はこういうことをする機会もめったにない。だが、葡萄に接するのはいいことだ」

「状態はどうなのか……わかる?」シモーンは答えを知りたいと思う自分に驚いていた。「収穫する意味があると思う?」

アレサンデルがうなずき、肩越しに葡萄畑を見た。

蔓から小さな葡萄が下がっている。シモーンは白いシャツの襟元からのぞくV字形の肌ではなく、葡萄を見ようとした。この男性は真っ白なただのシャツをとてつもなく罪深く見せる。「収穫しないなんて犯罪だ。言うまでもなく、冬に剪定《せんてい》しなければいけなかった。だからこんなありさまになったわけだが、蔓はすばらしいし、立派な実をつけている。フェリペは葡萄を検査したのかな？」

シモーンはぼんやりと彼を見返した。

「つまり、していないということか。そうだと思った。じきに糖度と酸度を測定しなければならない。その結果を見て、収穫時期を決めるんだ。でも、あと二週間か、せいぜい三週間だろう」

シモーンは唇を噛《か》んだ。「私にできると思う？一度も経験したことがないのに」

「できるよ。だが、君一人では無理だ」

シモーンはこわばった笑みを浮かべた。「あなたからフェリペに話してもらえる？　作業については私よりもあなたのほうがよく知っているから」

「彼が僕の話を聞くと思うか？」

「少なくとも、あなたは彼と同じ言葉を話せるわ。私とだと、会話は基本的なものに限られるの。私は彼にすべてを失ったわけではないとわからせたいの。人生は続いていくし、葡萄畑も続いていくと」

「だったら、彼と話してみるよ。帰る前に家に寄っていくから」

「ありがとう」

シモーンが背を向けて戻ろうとしたとき、アレサンデルが彼女の手を取った。「僕も君にききたい。どうしてこんなことをする？」

「もうわかっているでしょう。亡くなる前に彼にほほえむ機会を持ってもらうためよ」

「そうだな《シ》」アレサンデルはうなずいた。「だが、どうして？　地球の反対側に住み、ほとんど知らない気難しい老人を、なぜそんなに気づかう？　どうして彼のために自分の相続分を放棄する？」

〝気難しい老人〟と聞いて、シモーンは笑った。

「彼は私に残されたすべてだからよ」

「それでも筋が通らない。なぜそんなに気づかうんだ？」

どうしてかしら？　シモーンは広い青空に向かって顔を上げた。すると突然、もつれた長い髪の七歳の自分に戻っていた。家族はもっともつれていた。泣きじゃくるシモーンは、大声を張り上げる母親の手で祖母の腕からもぎ離された。

祖母の目に心の痛みが見えた。祖父の目には苦悶《くもん》があった。シモーンは何が起きているのか理解していなかった。けれども、出会ったばかりの二人を愛するようになっていた。

「七歳のとき、私は両親に連れられてスペインに来たの。フェリペが交通費を支払った。彼は母に手を差し伸べようとしていたの。もちろん、私に会いたがっていたのは知っているわ。私はたった一人の孫だもの。最初はうまくいったのよ。最初の一、二週間は比較的穏やかだった。というか、子供の私には最悪の部分を見せなかったんでしょうね。でもその後、最悪の結末を迎えたわ」

今も父親の怒鳴り声と母親の叫び声が聞こえる。何よりも忘れられないのが、シモーンと引き離されたときの、フェリペとマリアの悲しげな顔だった。

シモーンには何が起きているかわからなかった。彼女は四人を愛していた。どうしてみんなが愛し合えないのかが理解できなかった。そして、いつか自分が償おうと思った。ここに戻ってきて、二人の心の痛みに対して埋め合わせをしようと誓った。

「戻ってくると言ったの。大喧嘩《おおげんか》のさなかに、私は戻ってくると二人に約束したのよ」

「約束は守っただろう」アレサンデルは言った。

「君は今、ここにいるんだから」

シモーンはうなだれ、かぶりを振った。もっと早く戻ってくるつもりだった。自分で旅行の計画を立てられるくらい大人になったら、戻ってこようと思っていた。けれども日々の生活や大学の勉強、費用の工面などが足を引っ張った。そして今、マリアはシモーンに二度と会うことなく亡くなってしまい、フェリペもまた死んでいこうとしている。

誠意だけでは充分ではないのをシモーンは悟った。何もしなかったという罪悪感が重くのしかかっている。

「うちで待っているわ」シモーンが言った。

アレサンデルは彼女のうしろ姿を見つめていた。寂しげで悲しげだ。一瞬だが、あとを追いたくなった。でも、どうして？　何を言うつもりだ？

彼女の苦しみは彼女のものだ。それを癒やすのは僕の仕事ではない。

6

「やつがまた来たぞ」フェリペがうなった。アレサンデルはこの六日間で六回やってきた。今回はフェリペの声もいくらか非難めいたところが減っている。

アレサンデルが合意書を持ってきた日、シモーンは彼の車の中で目を通し、自分が要求したことが――セックスなしという条件や期限、対価などがすべて明記されていることを確認したうえでサインした。

その後もアレサンデルはフェリペと話しに毎日家に立ち寄っては、どこかしら修繕すべき箇所を見つけた。ぶっきらぼうではあったが、老人は男同士の会話を楽しんでいた。

「もちろん来るわよ、お祖父《じい》ちゃん」シモーンは自室から出て言った。「これからパーティに連れていってくれるのよ。私、どう見える？」

フェリペが振り向いて目を見開いた。口をあんぐり開けている。「おまえはシモーンに何をした？」

「私よ」シモーンは祖父の目の輝きを見て、彼が冗談を言っているのだと気づいた。ここに来てから初めて聞いた彼の冗談だ。彼女は笑って祖父の両肩をぎゅっと握り、込み上げた涙を抑えようとした。メイクが台無しになる。「からかわないで」

「誰がからかっているって？」アレサンデルが開いた玄関から言った。

「不良老人のフェリペよ」シモーンは目を上げずに言った。「私がシモーンに何をしたのか考えているんですって」それから顔を上げてアレサンデルを見た。彼は黒のイブニングスーツに真っ白なシャツを着ていた。波打つ黒髪を撫《な》でつけ、彫刻のような顔をあらわにしている。シモーンの口の中はからからになった。彼は――最高にすてきだ。

「だったら、君から彼女に急ぐよう言ってくれないかな」アレサンデルが言った。「マルケルのパーティに遅れたくないんだ」

アレサンデルが口角を持ち上げてにやりとすると、フェリペが彼女の脇でふふんと笑った。

シモーンは笑みを返した。感謝の笑みだ。「急いで呼んでくるわ」そしてショールを持ってきた。

「あの子を長く引き止めないでくれよ」フェリペがアレサンデルに言う。「いい子なんだから」

「私の秘密を全部ばらさないで、お祖父ちゃん」シモーンは身をかがめ、かさかさの頬にキスをした。「それに、私がいないあいだ、いい子にしていてね」

マルケルの住まいは、家というより宮殿のようだった。正面には柱廊玄関《ポルチコ》とバルコニー、高いアーチ形の窓と扉が見える。照明に照らされて、白い壁は夜の空を背に金色に輝いていた。開け放した窓には温かく歓迎するように明かりがともり、整然と植えられた椰子《やし》の木が外観の押しの強さをやわらげている。玄関前の噴水から心地よい水音が聞こえた。

「助けて」アレサンデルが車を止め、待っていた駐車係二人が両側からドアを開けたとき、シモーンは小さな声でつぶやいた。アレサンデルのアパートメントを見上げた最初のときから、自分が力の及ばない場所に向かっているのはわかっていた。だが、ここまで来てしまったかと改めて思い知らされる。

深く息を吸い込むと、ドレスにつまずかないように気をつけながら、車から降りた。屋内から、音楽と会話のざわめきに交じって、ときおり大きな笑い声も聞こえる。「緊張する?」アレサンデルは車を係に託すと、彼女に近づいた。

シモーンはうなずき、引きつった笑みを浮かべた。いよいよだ。今夜はアレサンデルの家族や友人と会うだけでなく、彼のフィアンセとなるための足場を作るのだ。

「力を抜いて」アレサンデルのまなざしが彼女の恐怖をやわらげた。「今夜の君はこのために生まれてきたみたいだ。どこから見ても、エスキヴェル家の花嫁にふさわしい。とてもきれいだよ」

シモーンは目をしばたたいてアレサンデルを見た。心から言ったのか、単なる励ましの言葉なのかわからなかった。これから私が本気にしないように、いつものように釘《くぎ》を刺すのだろうか?

「嘘《うそ》じゃない」シモーンの思いを察したのか、アレサンデルがつけ加えた。彼は危険なほどシモーンに顔を寄せて、彼女の手をぎゅっと握り締めた。シモーンはついその言葉を信じたくなったが、アレサンデルは本気で言ったわけではないと自分自身に言い聞かせた。二人を恋人同士に見せるため、彼女に自信をつけさせるための言葉なのだ。

役目を果たすのよ。シモーンは自分に言い聞かせると、深く息を吸い込んだ。それさえ忘れなければ、やり遂げられる。「いいわ」決意を込めて言った。

「覚悟はできたわ。仕事に取りかかりましょう」

マルケルの家に着いたときに感じたのが気後れだとしたら、中に入ったときに感じたのは恐怖だった。あまりに人が多く、あまりに女性が多かった。全員がアレサンデルを知っていて、彼女が誰だか知りたがっているように見えた。

「アレサンデル、来たのね」笑い声の中から、女性の声が響き渡った。「やっぱり来てくれた」

彼は身をかがめて、頬を触れ合わせてキスをした。

「もちろんですよ、お母さん《マードレ》、欠席するわけにはいきませんからね」

女性の視線がレーザー光線の速さで息子の連れに向けられ、剣でひと突きするように審査と判決と処刑が下された。「新しい家政婦を見つけたのね」

家政婦？　シモーンはアレサンデルを見上げて説明を求めた。だが、彼はただ笑っただけだった。

「シモーン・ハミルトンを紹介させてください。フェリペの孫娘ですよ。シモーン、僕の母のイソベル・エスキヴェルだ」

シモーンの挨拶はさえぎられ、差し伸べた手は宙に浮いたままとなった。

「フェリペって？」

「フェリペ・オチョア――ゲタリアの隣人ですよ。お忘れですか？」

「ああ、あのフェリペね。孫娘がいるとは知らなかったわ」

「オーストラリアから来たんです」シモーンは下手なスペイン語で言った。「最近こちらに来ました」

「あら」イソベルは初めてほほえみ、ほんの一瞬だけシモーンの手を取った。「休暇を楽しんでね」それからアレサンデルの腕を取ると、誰かをさがしながら背を向け、シモーンを締め出した。「エスメレルダにはもう会った？　とってもすてきなのよ」

シモーンがシャンパンのグラスを取り上げ、口に運ぼうとしたとき、アレサンデルが彼女の腕を取って引き寄せた。突然向きを変えられ、グラスの縁からシャンパンがこぼれ、イソベルが〝あなたはここにふさわしい人間じゃないわ〟という視線を向けた。彼女が本物の義理の母親になるとしたら、どんなに恐ろしいだろうとシモーンは思った。

「アレサンデルはいつもタイミングが悪いときに私を引っ張るんです」シモーンは示し合わせたような笑みを向けた。「ほんと、決まり悪くて」

アレサンデルもほほえみ、彼女の体を抱き寄せた。愛情を誇示するのはシモーンも気にならなかった――体温に影響を及ぼさないかぎりは。「シモーンはしばらくここに滞在するんだ」アレサンデルが言った。「フェリペに手助けが必要なあいだは」

「フェリペがどうかしたの？」

「気の毒に、病気なんだ。最近あまり調子がよくない」シモーンはイソベルの目に同情のようなものを見た気がしたが、人込みに誰かの姿をとらえたとたんに、それも消えてしまった。

「ああ、あそこに彼女がいるわ、アレサンデル。すぐに戻るわね」

「それで、エスメレルダって誰？」アレサンデルの母親が遠ざかると、シモーンは彼から体を引き離した。「怖がったほうがいい？」

「マルケルの娘だ。二番目の質問についてだが、たぶんとても怖がるべきだな」

「どういうわけで怖がらなければいけないの？」

アレサンデルが彼女の耳元に唇を寄せてささやいた。「なぜなら君が彼女のドレスを着ているからさ」

シモーンはあんぐりと口を開けた。「なんですって？　このドレスを欲しがっているのが誰か、最初から知っていたというの？　いったいどんな人間がそんなまねをするわけ？」

「彼女がそのドレスを着たら無駄になり、君のほうがずっと似合うと思った人間だよ。実際に無駄になっただろうし、君のほうがずっと似合っている。ものすごくね」

そのときアレサンデルの母親が戻ってきた。背後に男女二人を引き連れている。「ここにいたのね」イソベルが言った。「さっき言ったとおり、エスメレルダはとってもすてきでしょう」

シモーンは息をのんだ。すれ違う二人連れと挨拶するエスメレルダは、とってもすてきどころか、目が覚めるほど美しい。傲慢とまでは言わないが、その堂々とした物腰は、まさにスペイン社交界のプリンセスだ。アップにして凝ったスタイルにまとめた黒髪、大きな黒い瞳、染み一つない肌。彼女に比べたら、自分はなんてつまらない女性かと思えてくる。

マルケルが先に二人に近づき、シモーンの名を聞き取ろうとして赤ら顔を近づけた。シモーンが誕生日おめでとうと言うと彼は満面の笑みで応え、ほかの人から祝いの言葉を受けるためにその場を離れた。シモーンはすぐさまこの男性が好きになった。

そのとき、エスメレルダが振り返った。アレサンデルを見たとたん、彼女の笑みが大きくなった。だが隣に立つシモーンを見たとき――何を着ているかに気づいたとき、その笑みは消えた。美しい瞳に混乱と怒り、そして心の傷のようなものがよぎった。

シモーンは床がぱっと割れて、のみ込まれてしまいたいと思った。

「アレサンデル」立ち直ったエスメレルダが言った。「来てくれたのね。とてもうれしいわ」

二人は頬にキスを交わし合った。「いつものようにきれいだよ、エスメレルダ。シモーン・ハミルトンを紹介させてほしい」

「すてき、お友達と一緒なのね」エスメレルダはシモーンから目をそらしていた。「でも、考えてみたら、お友達と一緒じゃなかったことはなかったわね。あなたは本当に人気者だもの」

シモーンは飢えた雌ライオンのすみかに入って、子供を盗み出そうとしている気分だった。ところが、アレサンデルにしっかりと抱き寄せられ、逃げ出したくても逃げ出せない。

ほっとしたことに、バンドの演奏が始まった。

「あら」エスメレルダが言った。「タンゴのショーが始まるわ。父のために特別に踊ってもらうの。父をさがさないと」

シモーンは安堵《あんど》のあまり倒れそうになった。今度ばかりは、ぴったりと寄り添っているアレサンデルに感謝した。

「こっちだ」彼はシモーンを連れて階下が見下ろせるバルコニーに向かった。階下の大理石の床の上で、ポーズをとった二人のダンサーが数メートルの距離をあけて立っている。女性はきらびやかで、体にぴったりしたドレスを着ている。フレアに広がるスカート部分にはスパンコールが縫いつけられ、腰からスリットが入っていた。男性もまた、迫力ある姿だ。

二人が見ていると、音楽が徐々に激しくなり、ぐるぐるまわっていたダンサーは攻撃を開始した。シモーンの目には、まさに攻撃に見えた――追いかけ、誘惑し、拒絶のあとにセックスがある。ダンスは間違いなくセックスを表現していた。

派手な振りつけのすべてに意味があり、気分をわき立たせた。だが、最後が最高だった。ダンサーたちは扇情的でセクシーな音楽を肉体に変えていた。

「この音楽は何？」力強い感情表現に心動かされ、シモーンは小声で尋ねた。

「〝センティミエントス〟と呼ばれている」アレサンデルが背後からシモーンの耳元にささやいた。温かい息がうなじをくすぐり、彼の親指が手の甲で物憂げに円を描いている。「感情という意味だよ」

シモーンは驚かなかった。これまで聞いたこともない美しい音楽だ。

ダンサーたちの肉体表現も、見たこともないほどセクシーだった。シモーンは息切れを感じ、今まで以上に隣に立つ男性を、彼のしっかりした息づかいを、二人の体が触れ合う場所を意識していた。いい気持ちだった。

それが気に食わなかった。

やがてダンスが終わって、アレサンデルが手を離して拍手した。シモーンはその機に乗じて化粧室に逃げると、ドアを閉めてパーティの音を締め出した。両手をカウンターにつき、深呼吸する。じきに戻って、楽しんでいるように見せなければならない。でも、今だけは偽る必要がない。

ドアが開き、また閉じる音がしたが、顔を上げなかった。知り合いがいるわけではない。「そのドレス、すてきね」

ただし、彼女は別だ。

シモーンは目を開けた。エスメレルダがドアのそばに立ち、こちらを見つめている。ここまで私を追ってきたと思うのは考えすぎかしら？　買ったときには、これがあなたのドレスだなんて知らなかったと言って謝るべきか迷った。でも、それでは知っていたということになる。たぶん何も知らないふりをするほうが賢明だろう。「ありがとう。実はあなたのドレスもすてきだと思ったのよ」

エスメレルダが肩をすくめて、褒め言葉を退けた。「実はつい最近、あなたのドレスによく似たものをもう少しで買うところだったの。実のところ、ものすごくよく似ているわ。でも、こういう大事な機会に着るには品がないと思ってやめたの。だけど、あなたにはぴったりね」

あら、まあ。しかし、エスメレルダが怒ったとしても、責められない。「それは偶然ね」シモーンは平然と言い返した。「私、あなたのドレスにそっくりなのも見た気がするわ。でも、こっちのほうがずっとセクシーだったから」

エスメレルダの目がきらりと光った。彼女はカウンターに近づくとバッグから口紅を取り出し、血のように真っ赤な唇に塗った。「アレサンデルが買ってくれたんでしょう?」

シモーンはほほえみ、肩をすくめた。そう思わない人がいるかしら?「だったら、なんなの?」

「あなたは彼と寝ているってことだわ」エスメレルダがうなずく。「やっぱりね」

シモーンはわざわざ否定しなかった。やがてエスメレルダが化粧直しの手を止め、鏡の中からシモーンを見た。

「私、あなたが好きよ、シモーン。あなたは自分を偽らないし、私はとても理解があるの。あなたは彼と寝ている――彼はあなたのドレスを買い、盛大なパーティに連れていく。これはごく単純な取り引きよ。その魅力はわかるわ」エスメレルダは肩をすくめた。「あなたが私に正直だったから、私もお返しに正直になるつもりよ」

「それはありがとう」エスメレルダが完璧なアーチ形の眉を指で整えるあいだ、シモーンは待っていた。

「アレサンデルは女好きよ。誰もが知っている。でも、ここにいる誰もが、彼がどんなに道草を食っても、家族をいちばんに考えるというのも知っている」彼女は小さく首をかしげて、同情めいた笑みを向けた。「ねえ、聞いて。これまでにも道草はたくさんあったのよ。でも、私たちの家族はどちらも受け入れてきたし、あなたも受け入れるべきよ。アレサンデルと私は結婚するの」

本当に? アレサンデルがこのささやかな事実を

口にしなかったのは奇妙だ。「あなたは彼を愛しているの?」シモーンは困惑しながら、あえてきいてみた。たぶん愛してはいないだろう。けれども、シモーンはすでにドレスを横取りしているのだ。誰かの心を傷つけるのは良心が許さない。それは彼女の計画にはないことだ。

一瞬、エスメレルダはとまどった顔をした。「彼のことは好きよ。それに、私たちは釣り合っているの」そう言って自分の言葉に同意するかのようにうなずいた。「二つの家が結びつき、新たな名家を築くのよ。もちろん、彼は私を愛するようになるわ」

シモーンはエスメレルダにほほえみかけた。今度は心からの笑みだ。自分と結婚したがらない男性を——目の前でほかの女性とこれみよがしに親しげにふるまう男性を待ちつづけるのは、どんなものなのかしら?「よくわかったわ。わざわざ教えてくれてありがとう」

エスメレルダはため息をついて鏡に向き直り、あらゆる角度から自分の姿を確かめてからバッグを閉じた。完璧な笑顔が戻っていた。「おしゃべりできて楽しかったわ。私はパーティに戻らないと」

「そうね」シモーンは相づちを打ち、もう一人の女性はドアに向かった。「ああ、エスメレルダ。そのドレス、とっても似合っているわ。今夜のあなたは誰よりもきれいよ」

エスメレルダがほほえんだ。「ええ《シ》」彼女は化粧室から出ていき、残されたシモーンはぼんやりとドアを見つめながら、考えをまとめた。アレサンデルに恋人はいるかと尋ねられたが、シモーンのほうは彼の結婚に混乱をきたす女性がいるかと尋ねようとは思わなかった。誰かいたとしても、彼は絶対に〝いる〟とは言わなかったはずだ。

ところが今は、エスメレルダがいる。彼女は自分がアレサンデルの結婚相手の筆頭候補だと信じきっている。エスメレルダは彼を愛していないのかもしれない。結婚する気のない男性を待つような危ない女性かもしれない。でも、彼の婚約が公表されれば、大きなショックを受けるだろう。

「君が消えてしまったかと思ったよ」ようやく化粧室から戻ったシモーンに、アレサンデルがついだばかりのワインのグラスを差し出した。彼はフランス窓から庭を見渡せるテラスにシモーンを導いた。

「もっと早く戻るつもりだったんだけど、あなたの彼女で、どうやら私の新しい親友が、心を開いておしゃべりをしたいと思ったようなの」

「僕の彼女？」

シモーンはくるりと目をまわしてみせた。覚えていられないほどたくさんいるの？「もちろんエスメレルダよ」

「ドレスのこと？」

シモーンはワインを飲みながら、気持ちのいい夜気の中に足を踏み出した。かわいらしいライトがいくつもつり下がり、庭は明るく照らされている。「ドレスの話をしたのはたしかよ。でも、不思議なことに、話題の中心はあなただったの」

「僕は心配すべきかな？」

明かりを受けて、アレサンデルの目が楽しげに躍っている。シモーンは彼を平手打ちしたくなった。

「あなたと付き合っても無駄だと釘を刺されたのよ。あなたたちの家族は〝理解〟があり、二人は婚約しているも同然だとか。私の驚きを想像してみて」

アレサンデルはシモーンの手を取り上げて口元に運んだ。熱い唇が彼女の肌を焦がした。「僕たちが結婚すると知ったときのエスメレルダの驚きを想像してみるといい」

シモーンは手を引き抜いた。「つまり、私たちの取り決めが一時的なものだと話さないの？」

「どうして話すんだ？」

「なぜ話さないの？　彼女を少しでも思いやる気持ちがあるなら、話すべきでしょう？　もちろん何も感じないというなら別だけれど。でも考えてみると、あなたは彼女が着ていこうと思ったドレスをほかの女性に買い与え、火花が散るようすを見物していたんですものね。なんとも思っていないんだわ」

アレサンデルは周囲を見まわし、誰もいないことを確認すると、顔を近づけてシモーンの肌をざわめかせる低い声でさらに言った。「エスメレルダは僕の考える〝その後幸せに暮らしましたとさ〟にはそぐわないと言っておこう。おたがいの母親が毎朝のコーヒーの時間に何をでっち上げようとね」

「だったら、あなたは私をだましたということね。本当は葡萄《ぶどう》畑なんて必要なかった。そうよね？」

「なんだって？」

「〝僕のほうには何がある？〟という言葉は最初から意味がなかったのよ。私の申し出は、まさに渡りに船だった。エスメレルダを追い払えるんだもの」

「君が割り込んでこなくても、僕はエスメレルダに対処できるさ」

「でも、私との結婚が簡単な解決策を用意したのよ。あなたに妻がいれば、エスメレルダはあなたと結婚できない。あなたは、私たちの結婚が終わる前に彼女が誰かをつかまえればいいと思っているんだわ」

「そういう考えもあったかもしれない。それは認める」

「私は葡萄畑を譲り渡す必要がなかった。すでにあなたのほうは多くのものを得たんだもの」

「だが、君はサインした」

「でも、エスメレルダのことを知っていたら――」

「だから、そこなんだ」アレサンデルはグラスの中身を飲み干すと、通りかかったウェイターのトレイに置いた。「君は知らなかった」

シモーンはだまされた気分で背を向けた。もっと悪い。利用されたように感じる。フェリペはアレサンデルに気をつけろと言ったが、それは正しかったのだ。アレサンデルはとてつもなく冷酷だ。

たしかにシモーンの将来はこの地球の裏側にある。北スペインの葡萄畑は無用の長物だ。けれども、売却することだってできたのだ。たとえ葡萄が伸び放題でも、アレサンデルは買い取っただろう。シモーンもなにがしかのお金を手に入れたはずだ。現実はただであげたも同然で、彼女は来たときと同じく、何も持たずに国に帰ることになる。

「元気を出すんだ」アレサンデルが言った。「楽しんでいるようには全然見えないぞ」

「あら、楽しんでいるわよ」シモーンは嘘をついた。「新しい親友にすべてを失ったわけじゃないと打ち明けたら、どうなるかしらって考えているの。状況は見た目ほど悪くない、あなたは意中の人を手に入れたも同然だとね。お下がりだけど、着られないほどひどくはないわ。結婚の前に言おうかしら、それともあとがいい?」

アレサンデルが気色ばんだ。一瞬だが、肩をいからせ、顎をこわばらせた。「君はそれをフェリペに知られてもいいのか?」

「そんなつもりはないわ。でも、あなたのそんな顔が見られたんだもの、言ったかいがあったわ」

「君はおかしなユーモアのセンスがあるようだな、ミス・ハミルトン」

「ミス・ハミルトン? ずいぶん堅苦しくない? どういうわけかあなたを怒らせたみたいね」

「その反対だよ。だが、君は僕をときどき驚かせる癖があるようだ」

「とにかく」シモーンが続ける。「私はエスメレルダに何も言わないわ。なぜならあなたが彼女に、ほかの相手と結婚すると伝えるから」

「なんだって?」

「あなたは私たちの結婚を発表する前に、エスメレルダに前もって知らせるの。あなたが彼女をどう思っていようと、彼女がどんな人であろうと、私は気にしない。でも、彼女はあなたの口から聞かされるべきだわ。少なくともそのくらいの配慮をしてもいいと思うけれど」

アレサンデルは今や怒っていた。冷ややかにシモーンを見下ろした。彼は人に指図されるのに慣れていないのだ。しかも相手は、ハイヒールをはかなければ彼の肩にも届かない小さな女性だ。だが最悪なのは、彼女の言うとおりではないかと思えることだった。結婚を発表をするときに何よりも避けたいのが、修羅場なのだから。

彼は周囲を見まわした。人の数は減りつつある。今夜噂《うわさ》を確実に広めるために、そこそこ人がいるときに結婚の発表しようと考えたが、シモーンの言うことにも一理ある。騒ぎを起こして、マルケルのパーティを台無しにしたくない。

「しばらく君を一人にしてもいいかな?」

シモーンが問いかけるように片眉をつり上げたが、彼は彼女の疑問を受け流した。「大丈夫よ。ねえ、マルケルが来るわ」年配の男性が二人に近づいた。赤ら顔はますます赤くなり、グレーの髪は耳の上でつんと立っていた。「マルケル」シモーンが呼びかけた。「アレサンデルは仕事の話があるそうなので、そのあいだ私のお相手をしていただけます?」

「喜んで」マルケルは彼女の腕を自分の腕にかけさせた。「これ以上の喜びはないよ。オーストラリアの話を聞かせてくれないか。向こうではワインを厚紙の箱に入れて売っているというのは本当かね?」

「本当です。でも、いろいろと問題があって」

「ほう」彼は耳を傾けた。「それはどうして?」

「誰も四角い葡萄を作れないからですわ」

これはシモーンが言った中でもっともつまらない

冗談だったが、それでもマルケルは大笑いした。

これは驚いた。アレサンデルは二人から遠ざかりながら考えた。今度はジョーク？　あの女性はどれだけ隠れた才能を持っているのだろう？

だが、さほど隠れていないものもある。あのドレスを着たシモーンを思い浮かべるだけで、すべてを見たいと思う。シモーンを迎えに行き、あの姿をふたたび見た瞬間から、それればかり考えている。ドレスは腿の上のほうまでスリットが入り、胸元が大きく開いている。アレサンデルはここに来るまでのあいだ、合意書の条件に違反することなく、どうやってあのドレスを脱がせられるだろうかと考えていた。ダンスを見ているときには、永遠に続けばいいのにと思いながら、彼女を抱き寄せた。

今夜彼女に欲望を抱くのは自分一人ではない。それはわかっている。そしてほかの男が同じことを考えていると思うだけで、喉からうなり声がもれた。

アレサンデルはシモーンは自分のもの――名実ともに自分のものだとほかの男たちに知らしめたかった。だったら、どうしてセックスなしの条件を受け入れた？　なんの意味がある？　妊娠を避けるため？　望まない妊娠を防ぐのは簡単だ。誰もがしていることだ。

彼のアパートメントにやってきたとき、シモーンはホームレスの子供のようだった。あんな条件に同意したのも無理はない。だが、あのときはあのときだ。今は彼女がぶかぶかの服の下に何を隠しているか知っているし、もっと多くを見たいと思っている。結婚だけでは充分ではない。アレサンデルはシモーンに自分の印をつけたかった。

彼女も同意するはずだ。

同意するに決まっている。

なぜなら、僕が逃げ道を与えないから。

7

あのドレスは実に問題だ。アレサンデルは賛美者に囲まれて愛想よくふるまうシモーンを見つめ、どれもすばらしかったのだから別のドレスを選ばせればよかったと考えた。だが、あれとは比較にならない。あのドレスは女をセイレーンに変えてしまう。

たぶんエスメレルダが今夜あのドレスを着ていたら、誰もシモーンに目を留めなかっただろう。

そのときマルケルが何か言い、シモーンが声をあげて笑った。アレサンデルは彼女の目にきらめきを、ほほえみに温かさを見て、ドレスは関係ないと気づいた。重要なのはシモーン自身なのだ。たぶんドレスは人の目を引きつけるだろうが、皆の興味を引く
のはシモーン自身だ。問題は、あまりに多くの人間がそれに気づいていることだ。

いや、違う。あまりに多くの男が、だ。

いったいなんのつもりでシモーンを置いてきたんだ？　たった十五分のあいだに、彼女は男たちに囲まれている。マルケルもいまだにその中にいた。間違いなく彼は、あと三十歳若かったらと思っているだろう。

彼らがそこにいる理由はわかっている。

シモーンが美しくセクシーで、僕の最新の遊び相手だと知っているからだ。僕が飽きたときに、おこぼれにあずかるつもりで並んでいる。

これは僕に原因がある。僕は過去に、ベッドをともにしていない、そして捨てるつもりのない女性を連れていたことは一度もないからだ。

アレサンデルは喉に込み上げる苦い味をのみ下した。とにかく、あの女性とは一時的な付き合いかも

しれないが、ベッドはともにしていない。

今はまだ。

だが、じきにそれもなんとかする。

アレサンデルは部屋を横切り、彼らのほうに向かった。この決意は間違っていないし、すでに快楽を期待している。彼は思わず笑っていた。それを見たシモーンが彼を見上げ、眉をひそめた。アレサンデルはエスメレルダとのちょっとしたやり取りについてすっかり忘れていたのを思い出した。

彼の笑みがさらに大きくなった。

期待というのはすばらしいものだ。

アレサンデルの目に何かを見たのか、ほかの男たちは散っていき、それぞれ連れの女性のもとに戻っていった。彼が近づいていくと、一人残されたマルケルに腕をつかまれた。「君は幸運な男だ、アレサンデル。シモーンは美しいだけでなく、頭がよくて楽しい女性だ。今後も彼女と話す機会を私たちから取り上げないと約束してくれ」

「あなたは運がいい、マルケル」アレサンデルは我が物顔にシモーンに腕をまわした。彼女はますます混乱した表情を浮かべた。「僕は何も言わないつもりだったんです──これはあなたの誕生日のお祝いですから。だが、近々別のパーティがあり、あなたも招待されるでしょう。実はさっきシモーンが僕の妻になると同意してくれたので」

「君の妻に?」マルケルは驚いて目をぱちくりさせた。「すばらしいニュースじゃないか!」

「あなたがそう思ってくれることを願っていました。母とあなたの奥さんには別の計画があったみたいですから」

マルケルは手を振って退けると、アレサンデルの肩に手を置いた。「君を義理の息子にしたいとは思っていたが、そうはならないと私にはわかっていた。君と娘のあいだに炎が燃え上がることはない。エスメレルダにはそう言ってきたのだが」彼は肩をすくめた。「あれは聞く耳を持たなかった。母親があの子の頭におかしなことを吹き込んだから、あの子もそれを信じるようになってしまった」

「彼女には僕から伝えておきました。ほかの人たちから聞くよりも前に」

「よかった《ブエノ》。配慮に感謝するよ」マルケルは寂しげにため息をついた。「おそらく君が結婚するのはいいことだ。娘も愚かな夢をあきらめて、世の中にはほかにも男がいるとわかるだろうから。それを祈るのみだ。君たちについてだが」二人の手を肉厚の手で握る。「幸運と、たくさんのすばらしい息子たちに恵まれることを祈るよ」

「エスメレルダはどういうふうに受け止めたの？」ゲタリアに戻る車の中で、シモーンが尋ねた。「大変だった？」

アレサンデルはカーブを曲がる前にギアを替え、確実に路面をとらえた。「泣いていた」

「まあ」

「それから懇願した」

「あら」

「そのあと、僕たちの幸せな結婚を祈ると言った」

それ以外のことを伝える気はなかった。エスメレルダは一緒にいる二人を見た瞬間、その絆《きずな》に気づいたと言ったのだ。だから彼女はシモーンを追い払おうとした。これほど脅威を感じたのは初めてだったらしい。

「彼女はいい人ね。こういう状況なのに」

「そうだな《シ》。だが、彼女に先に伝えるべきだと君が教えてくれてよかった。僕には考えつかなかったから。寛大な心の表れだな」

シモーンはそう聞いて笑った。「どうかしら。私はただ、こんなふうにみんなをだまさなければならないのがつらいだけ。これほど複雑になるなんて思ってもみなかったわ。この計画がひらめいたときには、フェリペのことしか考えていなかった。ほかの人たちが傷つくかもしれないなんて思い至らなかったの。マルケルのような人がね。彼はいい人ね。彼をがっかりさせることになるのは本当に残念だわ」

「結婚を解消するからという意味？」

「ええ」シモーンはため息をついた。「それに、あなたが持つかもしれなかった息子さんにも」

アレサンデルはほほえんだ。あまりにいい気分だったので、ほほえまずにいられなかった。明日、彼はフェリペにシモーンとの結婚の許可をもらいに行くつもりだった。老人が喜ぶとは思っていない。だが、彼は機嫌を直す。結婚によって、オチョア家の財産がついに正当な方向に動くと気づいたらすぐに。

そのあとアレサンデルはシモーンに条件を変えると言うつもりだった。彼女は気に入らないだろう。いや、それどころか、嫌悪するに違いない。だが、そのときにはどうしようもない。

そしてシモーンは彼のものに——あらゆる意味で彼のものになるのだ。

「どうしてそんなに急ぐ？」翌日の昼食の席で、フェリペがつめ寄った。「おまえたちは知り合ったばかりじゃないか」

三人は、屋外の古いパーゴラの下に座っていた。伸び放題の葡萄《ぶどう》の蔓《つる》の重みで、きしむ音がする。生い茂る葉が日光をさえぎっているが、はるか遠くの下方では、同じ日光が海にきらめきを与えていた。アレサンデルは葡萄畑で作業をするという口実でやってきた。そしてシモーンが穏やかな気候が続くうちに楽しもうと言って、フェリペを外に誘い出した。昼食のあいだ、昨シーズンのチャコリワインを楽しんだ。シモーンもその味がわかりはじめたところだった。フェリペが泡をよみがえらせるためにボトルを高く持ち上げてグラスについだが、明らかに彼自身も楽しんでいた。そして食後にアレサンデルがフェリペに彼女との結婚の許しを求めた。

「ただわかるときもあるのよ、お祖父《じい》ちゃん」この知らせが衝撃を与えるのはシモーンも予期していた。アレサンデルに対するフェリペの反感が徐々に弱まっているのは間違いないが、それでも隣り合う二つの家は長いあいだ敵対関係にあった。

「だが、結婚だって？　もう？」

「今すぐというわけじゃないのよ。手続きもあるし、ひと月はかかるから。結婚式は収穫のあとよ」

フェリペが眉をひそめ、アレサンデルに鋭く問いかけた。「君はこの子を愛しているのか？」

シモーンはたじろいだ。また嘘《うそ》を重ねることになるのがいやだった。すべてが終わるまで、どれだけ嘘をつくことになるのだろう？

けれども、アレサンデルは動じなかった。彼はシモーンの手を両手で包み込んだ。そのあいだ、どんな人間も引き込まれそうな目で彼女をじっと見つめていた。「正直に言いましょう。僕はこんなことが起きるとは思ってもみなかった。だが、シモーンは僕の人生に舞い降りてきた。どうして彼女を愛さずにいられますか、フェリペ？　シモーンはかけがえのない人です。特別なんです。彼女を手放すなんてありえない」

シモーンの頰が熱くなった。アレサンデルはフェリペを安心させるために、わざわざこんな言葉を言ってくれたのだと思うと、心を動かされた。

「葡萄畑を欲しがっているのかと思っていた」フェリペが涙を浮かべて言った。「てっきり私から残りを取り上げるのかと。だが、君を毎日ここに通わせることになったのは私の孫娘だったんだな」

アレサンデルが足元を見つめていたので、シモーンは何か言わなければと思った。「ぜひお祖父ちゃんに私たちの結婚式に参列してほしいの。私を花婿に渡す役を引き受けてもらえないかしら」

祖父が胸をふくらませ、まばたきをして涙を払った。「私がその場にいないとでも？　もちろん参列して、たった一人の孫娘を祭壇まで連れていくよ」彼は骨張った手で空のグラスを持ち上げた。「ワインのお代わりを。これは乾杯をしなければ！」

「さっきはありがとう」

シモーンはアレサンデルを車まで送っていった。食後、フェリペは葡萄棚の下で居眠りしていた。

「なんのこと？」

「私たちの結婚をフェリペに納得させてくれたでしょう。私を愛しているのかって彼が尋ねたとき、私はこれで終わりだと思ったのよ」

アレサンデルが片眉を上げた。一方の唇の端が持ち上がる。「僕があっさり否定すると思った？」

「あなたが何を言うかわからなかったの」

彼はシモーンの両手を取った。この行為に意味はないとシモーンは考えた。ここは家から離れていないし、フェリペが目を覚ましたら、二人の姿を見るかもしれない。おまけに彼女はアレサンデルに触れられるのが好きになってきた。「べつに必死に言葉を絞り出したわけじゃない。君が特別な人だというのは真実だし、まさに突拍子もない提案を携えて僕の人生に舞い降りた。君があれほどおいしい話も持っているのに、どうして手放せる？」彼は言葉を切り、きらめく海に目を馳《は》せた。「フェリペは最初から正しかったんだな」

「今はフェリペも考えを改めたわ」

「そうだな。できれば、彼には知られたくない」

「わかるわ。嘘をつくのはいやな気分ですもの。でも、それだけの価値はある。彼が笑顔を取り戻したんですもの。初めて、楽しみにすることができたのよ。本当にありがとう。あなたは計画に同意してくれただけでなく、祖父を信じさせてくれた」

アレサンデルはシモーンに目を戻してほほえむと、彼女の手をぎゅっと握ってわずかに引っ張り、顔を下げてきた。アレサンデルの唇が近づいたとき、シモーンは息を止めて、彼はキスをするつもりなのだろうかと――キスを許すべきかと考えた。キスをしたとしても、とくに意味はない。フェリペが見ている場合に備えて、そうするだけだ。だったら、拒まなくてもいいのでは？

アレサンデルが額にキスをしたので、シモーンはふうっと息を吐いた。

ほっとしたからだ。落胆ではない。にもかかわらず、突然説明できない胸の痛みを感じる。

だが、アレサンデルの唇は額にとどまり、シモーンは肌をくすぐる彼の息を感じた。やがて彼は手でシモーンの顎をとらえると、ゆっくりと唇を離しながら、彼女の顔を上に向けさせた。

二人はしっかり見つめ合った。「君にキスをしなければならない」アレサンデルが言った。「今度はちゃんと。それに前もって言っておくと、少し時間をかけることになる」

「フェリペのためね？」シモーンはどうにか声を出した。「彼が見ているかもしれないから」

アレサンデルがうめいた。唇の両端がほんの少し持ち上がる。「僕のためだ」

唇が重なったとき、シモーンの息はふたたび止まった。それからアレサンデルの唇の感触が、複雑なものが襲いかかってきた――温かくてやわらかく、しかも力強い。それにどんな味がするかというと……ワインとコーヒー、そして彼自身の味だ。

彼は癖になる。欲望を燃え上がらせる。

アレサンデルの手に体を引き寄せられ、シモーンの心臓の鼓動が加速した。舌が触れ合い、熱くからみ合ううちに、彼女の体温は上昇して、心臓の鼓動はさらに速まった。そして唇から遠く離れたひめやかな部分が脈打ちはじめた。胸、下腹部、脚――彼と触れ合う場所すべてが敏感になった気がする。

これまで経験したどのキスよりもすばらしい。

突然キスをやめたのはアレサンデルのほうだった。彼は腕を伸ばして二人の体を引き離した。呼吸は荒かったが、シモーンの息づかいはそれ以上だった。

「計画を立てよう」アレサンデルの息がシモーンの顔にかかった。「君は予防している?」

キスに対して? 何を言われたのか、シモーンにはよくわからなかった。「なんですって?」

「ピルは服用している? 君の国ではそう言うんだろう――避妊薬を」

シモーンはうしろに下がりながら、無理に笑い声をもらした。「それがあなたになんの関係があるの?」

「予防策を講じる必要があるからだ」

「正確に言うと……何を予防するの? セックスはなしということで合意したのよ。どうして予防策が必要になるの?」

「なぜなら僕の気が変わったからだ」

シモーンはアレサンデルを押しやった。「あなたは合意書にサインしたでしょう! 二人でサインしたのよ! セックスはなしということで折り合いがついたはずよ」

「だから、僕はその条件について再交渉している」

「そんなことはできないわ。もう遅いわよ」

「もちろんできるさ。僕は条件が気に入らないから、それを変更する」

「だったら私は条件変更を拒否するわ。私たちの結婚にセックスはなしよ」

「僕からすれば、ありだ」

「なんですって？　無理強いできると思っているの？　私はそう思わない。何一つ条件を変える気はないわよ。私の望みじゃないもの」

「本当に？　喜んで僕に身を差し出すかと思ったが。僕が中断しなければ、今ここで――この葡萄畑の隣で車にもたれて体を開いただろう」

シモーンはぎょっとして、ぽかんと口を開けた。

「私がたった今、あなたにキスを許したから、そんなことを想像したの？」

「君はキス以上のものを許してくれたじゃないか。君の体は僕を欲しがっていた」

「どこまでうぬぼれているのかしら」シモーンはかぶりを振って否定した。「あなたは間違っている。私はあなたを欲しがっていないわ。たしかに私たちはキスをした。そんなに悪くなかった。でも、あれはフェリペのためでしかないわ」

「さて、現実を見ないのはどっちだ？　僕がキスしたとき、君はフェリペのことなど考えていなかった」

「だからといって、セックスをすることにはならないでしょう。そんな気は全然ないから」

「いいだろう」アレサンデルは一歩退いた。「僕が間違っていたんだな。君がそのつもりなら、僕は引き返して、フェリペにこの結婚はなくなったと言う」

「ええっ？　どうして？　意味がわからないわ。一度決めたことを引っくり返すの？　すべてがうまくいったのに、どうしてこんなまねができるの？　今はフェリペだって、私たちが結婚すると信じている。私を祭壇まで連れていくつもりなのよ。どうしてそんな仕打ちができるの？」

「どうしてそんな仕打ちができるか？　君はその問いを自分に向けるべきだ。今になってフェリペからハッピーエンドを取り上げる気でいるんだから」

私のせいだと言いたいの？「あなたがこんなまねをするなんて信じられないわ。でも、信じるべきなんでしょうね。フェリペは私に気をつけろと警告してくれたわ。あなたはエスキヴェル家の人間だ、情け知らずだと言っていたのよ。彼の言葉に耳を傾けるべきだった」

「たぶん、そうすべきだったんだろう」

アレサンデルの冷たく硬い言葉に、シモーンは黙り込んだ。私をキスに溺れさせた男性はどこに行ったの？　私の体を溶かしそうになったあの情熱は誰のもの？　あの男性はどこに？　どんなに彼が欲しかったか、それを考えるだけで気分が悪くなる。

「あなたなんか大嫌いよ。今ほどあなたが憎いことはないわ」

「それはよかった。僕はやさしくないと言ったはずだ。僕を憎めば、君もここを立ち去るのがずっと楽になるだろう」

8

シモーンはアレサンデルを嫌いになりたいと思った。そのために最善を尽くした。夜遅くシングルベッドの上で、彼を嫌いになるために、できることはすべてした。だが、憎しみは揺るぎない真実の中に消えていった。

アレサンデルにキスを許すべきではなかった。

今や、シモーンの体は彼を求めてうずいていた。それでいて彼とベッドをともにしたくないと思っている。愛を交わすことが人を弱くする。シモーンはデイモンとの付き合いでそれを学んだ。友達から始まった二人の関係は、肉体的に結ばれたことでより高い段階へと――恋愛へと移った。というか、シモーンはそう思った。

だが彼の裏切りのせいで、シモーンは誰かと親密になりたい気持ちを失ってしまった。プラトニックにとどめるのだ。単純なままにしておく。そうすれば傷つくことはないし、複雑になることもない。

これは真実だ。セックスはなしと言い張ったのは正しかった。デイモンと付き合っていたときに味わった経験をふたたび繰り返したくはない。恐怖と吐き気がするほどの不安には耐えられない。

それでも、アレサンデルとの愛の行為を考えると、息が苦しくなり、体が熱くなった。シモーンは小さなベッドの上で何度も寝返りを打ち、くしゃくしゃになったシーツの中で、別の理由から――もっとみだらな理由から――くしゃくしゃになったシーツについて考えた。

恐怖を感じるのと同じくらい楽しみにしている。こんな気持ちになりたくなかった。単純にアレサンデルを憎み、それでおしまいにできたらいいのに。

シモーンはまた寝返りを打った。ああ、どうしてこんなに眠れないの？

季節は容赦なく移ろい、収穫の時期が近づいた。アレサンデルはさらに忙しくなった。自分の仕事をこなしつつ、フェリペの葡萄畑《ぶどう》で過ごす時間を見つけて葡萄棚を直したり、私道の凸凹を埋めたりした。いずれ自分のものになるから熱心なのだと知っていても、シモーンはアレサンデルを憎めなかった。フェリペが喜んでいるのがわかるからだ。

シモーンはできるだけアレサンデルから距離を置こうとしたが、どういうわけか彼はいつもそこにいた。彼を避けるすべはなかった。収穫と同時に結婚の日も近づいていたからだ。ひと月以内に盛大な挙式とパーティを催すために、アレサンデルがウエディングプランナーを雇った。シモーンは喜んですべてをまかせたが、何もしないわけにはいかなかった。決めなければならないことがいろいろあり、何度も打ち合わせを重ねた。しかも、どんなことも先送りにできず、急がなければならなかった。

「教会が取れないんです」初めての打ち合わせのとき、ウエディングプランナーが困り果てたようすで打ち明けた。「急だったからです。サン・セバスティアンの教会は何カ月も前から予約が入り、地元の教会もいっぱいでした」

アレサンデルがその問題を一蹴した。「だったら、エスキヴェルの葡萄畑で結婚式を挙げればいい。慣例とは違うが、みんな理解してくれるだろう」

ウエディングプランナーは見るからにほっとして、シモーンに向き直った。「花嫁付き添い役《メイド・オブ・オナー》を誰にするか決めましたか？」

シモーンは目をしばたたいた。「必要なの？」

ウエディングプランナーが横目でアレサンデルを見た。「花婿付き添い役《ベストマン》には誰を選びましたか？」

「マドリッドの友人マテオ・カチョンを」

シモーンは耳をそばだてた。その名前はなんとなく聞き覚えがある。

「サッカー選手の？」ウエディングプランナーが尋ねたとき、シモーンはどこでその名を聞いたか思い出した。夕方のニュースだ。マテオ・カチョンは莫《ばく》大《だい》な金額でプロサッカーチームと契約したばかりで、スペインでもっとも価値の高い選手となった。同じニュースで、彼は最近長く付き合った女性と別れ、スペインでもっとも望ましい結婚相手にもなったと伝えられていた。

アレサンデルがうなずいた。「そうだ。彼は大学時代からの親しい友人なんだ。最近はめったに会えないが、たまたま彼のスケジュールが空いていたので、ベストマンを務めてくれる」

「メイド・オブ・オナーについて考えがあるの」シ

モーンの言葉に、ウエディングプランナーがペンを持ったまま、期待するような目を向けた。「あとでその人にきいてみて、あなたに連絡するわ」

一方、フェリペはシモーンが見たこともないほど幸せそうだった。彼はひと晩で二十歳は若返り、すっかり元気になったように見えた。スーツを新調したいから町に連れていってほしいとまで言った。五十年前、マリアとの結婚式であつらえて以来らしい。

だが、フェリペを診察した医師がシモーンを呼んで、彼は気分がいいようだが、病気がよくなっていると勘違いしないようにと念を押した。シモーンは込み上げる落胆を抑えた。心の奥底ではずっとわかっていた。突然奇跡が起きることはない。

だが、医師の忠告が決意を固めさせた。アレサンデルとの冷戦を終わらせよう。条件を変えるのはいやだが、彼を憎もうと努力するのもやめて、フェリペのために、この結婚をできるだけ幸せそうに見せるのだ。なぜなら、フェリペを失望させるつもりはないから。

十月の初旬のすがすがしい日、葡萄はみごとに検査を通過し、その後は大忙しとなった。大勢の働き手がエスキヴェルの葡萄畑にやってきて、箱に葡萄をつめていった。箱の中身はトラクターの荷台に空けられ、ただちに圧搾にまわされる。

アレサンデルが派遣した働き手たちと一緒に、シモーンも大きな手袋をはめて、刃の薄いはさみを手にフェリペの葡萄畑で働いた。みんなに比べて作業が遅いのはわかっていたが、懸命に箱の中に葡萄を入れていった。

フェリペは葡萄の蔓《つる》に覆われたテラスに座って作業を見守り、何やらぶつぶつ言っていた。

午前のなかばに全員で休憩を取った。葡萄畑の真ん中で腰を下ろし、おしゃべりをしたり笑ったりしながら、地球上でもっとも美しい景色をわかち合った。シモーンはこの経験を特別な名誉と感じていた。みんなと一つになって働くなんてめったにない。ここを去らなければならないのが残念に思えてくる。

　昼食のころになって、アレサンデルが地元のレストランのランチを携えて顔を出した。働き手たちは大きな架台式テーブルを囲んで食事をとった。

「いろいろとありがとう」アレサンデルが帰るとき、シモーンは車までつき添った。彼が好意を示しているのか、まもなく畑が手に入るからそうしているだけなのか、そんなことはどうでもよくなっていた。どちらにしても、彼の行為には感謝していた。「本当にありがとう」

　アレサンデルはシモーンに腕をまわすと、彼女の唇にそっとキスをして、テーブルを囲んでいた人たちを喜ばせた。「君が恋しかった」

　彼がこう言ったのは、シモーンが距離を置いていたからだ。アレサンデルを憎もうと言い聞かせてきたけれど、シモーンも彼が恋しかった。

「あと三日で僕たちは結婚する」

「それまでに収穫が終わると思う？」

　彼女を見つめたまま、アレサンデルがうめいた。その声にシモーンは体の芯まで震えるのを感じた。

「僕はどうでもいい。どちらにしても僕は君と結婚する」それから彼はまたキスをした。

　みんなが見ていたからだ。シモーンはその日の午後から翌日にわたって自分に言い聞かせた。みんなが見ていたから、アレサンデルがあんなことを言ったのだ。それでも、あの言葉を言ったときのアレサンデルのまなざしは、永遠に心の中に残るだろう。

　収穫が終わり、三日目の朝が来た。シモーンは彼女をエスキヴェル家の花嫁にするドレスを着た。マルケルの誕生パーティで着たドレスと同じデザイナーのものだ。アレサンデルがそうしようと言い張り、シモーンはそんな必要はないと反論した。だが、そのドレスを見たとたん、自分のものだったらいいのにと思った。そして彼女が気に入ったと言うより早く、アレサンデルが〝あれだ〟と言った。試着する前から、二人の直感が正しいことはシモーンにもわかっていた。

ドレスは完璧だった。ぴったりした身ごろや細いウエスト、腰にプリーツが寄せてあるところは、マルケルのパーティで着たドレスと同じだった。だが、このドレスはそれ以上だ。薄いやわらかな生地を何層も重ねて、細い上半身を引きたてている。

シモーンが部屋から出ると、祖父の目に涙が浮かんでいた。その涙が、これまでついたすべての嘘《うそ》を価値あるものに変えてくれた。頑張ったかいはあった、とシモーンは自分に言い聞かせた。今日、これほど幸せそうなフェリペを見られたのだから。

「きれいだよ」フェリペがかぼそい声で言った。「おまえのおかげで私は世界一誇らしい男になった」

「お祖父《じい》ちゃんもすてきよ」その言葉に嘘はなかった。フェリペは新しいスーツを着て、ひげを剃《そ》ったばかりだった。シモーンは彼のことが心配だった。今日は祭壇まで彼女とともに歩くのだ。それだけの元気があるだろうか。だが、今日のフェリペはどんなことでもできそうに見えた。

「行こう」フェリペが腕を差し出した。「車が待っている」

車がエスキヴェル家の葡萄畑に着いたとき、結婚式が執り行われるアーチ形天井のワイン貯蔵庫の外で、村人のほとんどが待ちかまえていた。

「心配しないで」メイド・オブ・オナーが前の座席から声をかけた。「収穫がすむと、必ずみんなでお祝いするの。これはもう一つお祝い事が増えたというだけだから」

実際、そのようだった。花嫁一行が車から降りると、カメラのシャッターを切る音が聞こえた。フェリペが脚を伸ばすのに長い時間がかかったが、それでも孫娘の腕を借りて祭壇までの短い通路に立った。

先頭を歩くエスメレルダが落ち着き払い、堂々としているので、シモーンも心強かった。彼女はフェリペの腕を取って、そのあとに続いた。足取りは弱々しく、ゆっくりしているが、彼は歩きながら参列者に誇らしげで大きな笑みを向けていた。

これは私のためというより、彼のための時間なのだ。シモーンはそう考えて、フェリペに歩調を合わせた。彼にこの幸せな時間を味わってもらいたかった。フェリペはともに人生を生きてきた人々のもとに戻ってきたのだ。最初は妻の病気、そして今度は自身の病気のせいで、彼は人々から切り離された日々を送っていた。

今、本来の居場所に戻り、それを楽しんでいる。

そのときシモーンは、彼女を待っているアレサンデルに気づいた。

とても背が高く堂々としていて、信じられないほどハンサムだ。そしてやさしい笑みを浮かべている。どうしてシモーンが時間をかけて祭壇までの道をたどっているのかよくわかっていると言いたげだった。

その笑みがシモーンの心に染み入った。アレサンデルを嫌いになるのが難しいのも当然だ。

ようやく祭壇に着くと、シモーンはフェリペの両頬にキスをした。フェリペが花婿に孫娘を託した。

私はついにやり遂げた。誓いの言葉を聞きながら、シモーンはそう思った。私の突拍子もない計画は成功したのだ。

いや、あともう少しだ。

数分後、二人は夫婦になったと宣言され、キスをした。これでほとんどが終わった。あとは披露パーティと、アレサンデルが修正した条件を乗り越えなくては……。

披露パーティは気楽なものだった。エスメレルダの言うとおり、村人はお祝い気分だったからだ。そしてフェリペは、すべて楽しむつもりのようだった。シモーンがアレサンデルと踊っているとき、よろめくようにダンスフロアに出てくるフェリペが目に入り、心配になった。けれども、あれほど楽しんでいる彼をどうして止められるだろう？

アレサンデルがシモーンの体を軽々と動かした。

「いったいどうやった？　どうやってエスメレルダを君の付き添い役にできたんだ？」

シモーンはほほえみ、ずっと踊りつづけるカップルを見た。カメラマンたちのほぼ全員がその二人にレンズを向けている。「結婚式について何も知らないから、あなたの力が必要なのって言っただけ」

「それだけ？」

「そうね、ベストマンが誰なのかを教えたのも役に立ったわ」

アレサンデルが笑った。「君は実にすばらしい女性だ、セニョーラ・エスキヴェル」

シモーンは目をしばたたいて彼を見上げ、事態が違っていたらよかったのにと思った。「そしてあなたはすばらしい男性だわ」

アレサンデルはシモーンを引き寄せると、ダンスフロアをまわりながら、このひとときをわかち合った。シモーンも力を抜いて彼に抱かれていた。この男性に抱かれていると、とても気分がいいし、長くは続かないとわかっていたからだ。

たしかに長くは続かなかった。一分もたたないうちに、叫び声が聞こえた。なぜ音楽がやみ、ダンスが中断したのかわかるまで、時間はかからなかった。

フェリペがダンスフロアに倒れていた。

9

「緊張しているみたいだな」アレサンデルが言った。車は静かな通りを抜けていく。彼は後部座席でシモーンの肩を抱き、指で肌に模様を描いていた。

「そうかしら？」実のところ、シモーンは驚いていなかった。病院を出たときには、緊張も解けたと思った。アレサンデルに肩を抱かれ、彼の強さに頼った。あのときは、ただほっとしただけだったのだ。

フェリペは無理をしすぎたせいで倒れ、ひと晩入院してようすを見たうえで退院できるということだった。けれども、シモーンの安堵《あんど》も長続きしなかった。車が病院を出た直後に、二人がどこに向かっているかに気づいたからだ。

アレサンデルのアパートメントだ。

アレサンデルのベッドに向かっている。

肩にまわされた彼の腕、肌を撫《な》でる指、押しつけられる力強い腿――このすべてがシモーンの緊張を増幅し、不安をあおりたてる。二人がサインした合意書に形式だけの結婚だと明記されているにもかかわらず、アレサンデルが夫としての権利を行使し、シモーンとベッドをともにする意志があると宣言したからだ。

いいえ、宣言ではない。あれは脅迫だ。婚礼の日まで待ったといっても、なんの役にも立たない――その夜が迫っている今となっては。

「フェリペは大丈夫だと医者に言われただろう」アレサンデルは彼女の緊張を誤解し、肩をぎゅっと押さえて、安心させようとした。それがさらにシモーンの怒りをつのらせた。この結婚は手段でしかない。便宜的なものだ。彼は私のことを何もわかっていない。何が私を動かしているのか、何が私を悩ませるのか見当もつかないのだ。本当に私を愛している男性なら――本物の夫なら、わかるはずなのに。

それなのにアレサンデルは私とベッドをともにして、親密な関係を結ぶつもりでいる。まるで本物の夫のように――私を心から心配しているように。

ひどすぎる！　二人は合意に達した。おたがいが書類にサインしたのに、結局アレサンデルが決定事項を勝手に変えてしまった。自分に興味を見せない、これまでのように身を投げかけない女がいると思うと我慢できなかったのだ。

「あなたはがっかりしたんでしょうね」シモーンは言い返し、座席の上でできるだけ彼から離れようとした。せめて触れ合う腿を引き離したかった。「歴史上、もっとも短い結婚生活になったはずだったのに。葡萄《ぶどう》畑もほとんど手に入れたようなものね」

二人の目が合い、アレサンデルの目が鋭く険しい光を放った。「だったら、もう少しおたがいから離れられないことになる。君をいらだたせ、僕たち二人にとって不都合なことではあるが、幸い、黒雲の向こう側は銀色に輝いている」

シモーンはレディらしからぬ声をもらした。「本当に？　はっきりと教えて」

「それなら簡単だよ」アレサンデルはにっこりしてシモーンの額に触れると、限りなくやさしく眉をなぞって、まつげにかかる邪魔な後れ毛を払った。シモーンは肌に触れる指先を感じ、身を震わせた。彼に触れられることがどんなに影響を及ぼすか、そしてどんなにその影響を受けたくないかに気づき、また身を震わせる。「もちろん、僕たちが愛を交わすからじゃないか。ほかに何がある？」

これまでシモーンがこの男性にそれほどの怒りを感じていなかったとしても、今の得意げな言葉を聞かされれば、憎しみもわいてくるというものだ。彼は今夜、二人は愛を交わすと確信している。

シモーンは憤懣《ふんまん》やるかたない思いで窓の外を見つめ、深呼吸をしながらコンチャ湾沿いの建物に興味があるふりをした。アレサンデルのほうを見るよりはましだ。彼は今やシモーンの形式上の夫となり、まもなくあらゆる意味で夫となろうともくろんでいる。それでもやはり、夫ではない。本当の夫であれば、愛があるから結婚する。相手とともにいたいと望み、一生をともに過ごしたいと望むからだ。

女性が相続するはずの葡萄畑を手に入れ、ついでに本人をものにしようと考えるからではない。

「車を止めてくれ」その言葉をぼんやりと耳にして、シモーンはとまどった。まだアレサンデルのアパートメントまで数ブロックある。

運転手が車を歩道に寄せた。「なんなの？」先に車を降りたアレサンデルが手を差し出したとき、シモーンは尋ねた。

「決定権行使だよ」アレサンデルのほほえみはその厳しい顔立ちとそぐわなかった。「こんなに美しい夜なんだから、海岸を歩いてもいいと思ったんだ」

シモーンはアレサンデルを見上げた。夜の明かりの中で彼の目を見つめ、真意をさぐろうとしたが、何もわからなかった。アパートメントに直行しないとわかって安堵した一方で、混乱もしていた。アレサンデルは彼女の気持ちをまったく無視していたわけでもなさそうだ。「ありがとう」シモーンにとっても、海岸の散歩はありがたかった。息をするのに必要なスペースを与えてくれる。彼女は座席からすべり出ると、アレサンデルの手を取って、夜の暗い空気の中に出た。「助かったわ」

アレサンデルは運転手を帰すと、シモーンの腕を脇にたぐり寄せて、街灯のともる広い歩道を進んだ。潮の香りを帯びた穏やかな夜の空気が彼女の肌を撫で、水平線に近い大きな月が海に銀のリボンを投げかけている。海岸に寄せては引く波の音に合わせて、どこからかバイオリンの音色が聞こえてきた。隣を歩くアレサンデルは口数が少なかった。どうやら夜を味わうだけで満足しているらしい。二人の言葉と意思の戦いも、しばし先延ばしとなった。

アレサンデルの言うとおり、今夜は美しい夜だった。二人でゆっくりと湾をまわりながら、シモーンは考えた。恋人たちのための夜であり、息をつめて何かを待つような期待をはらんだ夜だ。そんな思いが彼女を悲しくさせた。今夜と、そのすてきな雰囲気も、二人にとっては無用の長物だ。なぜなら、何も期待していないから。務めを果たすだけで、楽しみにするものがない。

それでも……。

シモーンはアレサンデルの力強い横顔をそっと盗み見た。この顔なら、一夜を過ごしたあと目覚めたときにがっかりすることはない。体に手を伸ばして、後悔することもない。シモーンは歩道に目を戻して、小さく身を震わせた。

こんなに緊張するなんて情けないのでは？　男性の前で一糸まとわぬ姿になったことはある。セックスの経験もある。それがどういうものか知っているし、どこがどうなるかも知っている。ときには楽しむことさえあった。だが、それは相手が一年近く付き合ったデイモンだったからだ。ある段階で、シモーンは彼を愛していると思った。その後、デイモンが彼女の親友とセックスを楽しんでいるとわかった。

それでも、恋人になる前は、彼とは友達だった。でも、ほとんど知らない相手とのセックスとなると？　ベッドをともにすることを強要した男性が相手だったら？

絶対に楽しめるわけがない。

楽しめるとしたら、自分の心を信じられなくなる。親密な関係は代償を伴う。シモーンがわからないのは、自分がふたたびその代償を払いたいのか、だ。

「寒いのか?」彼女の震えを感じ取ったのか、アレサンデルが尋ねた。

「大丈夫」気づいてほしくなかったと思いながら彼女は答えた。彼には何も知られたくない。態度から何かを読み取られていると思うと、居心地が悪い。

「だったら砂浜を歩くのはどう?」

「靴を脱ぐということ?」

「砂の上をハイヒールで歩けるなら話は別だが」月の光を受けて、その目と同様に、ほほえむアレサンデルの歯が白く輝いた。

「いいわよ」シモーンはシルバーのサンダルを脱ぐと、ガーターベルトをはずして、ストッキングを脚からすべり下ろした。アレサンデルも素足になると、彼女の手を取った。シモーンの足の下の砂はひんやりとして、指のあいだがくすぐったかった。そしてアレサンデルの手は温かく、長い指が彼女の指とからみ合った。

砂が鳴る音、海に反射する建物の光、頭上の月と星に意識を向けようと努めた。だが、アレサンデルの手はそう簡単に無視できない。デイモンは手をつなぐのが好きではなかった。彼はそれを独占欲の表れであり、人は所有物ではないと主張していた。

アレサンデルは独占欲が強いのか、それともただの……隣人として?なんにしても、彼の手はいい感じだし、彼に触れているのもいい感じだった。二人で砂の上を歩くあいだ、アレサンデルに手を包まれている感触も気にならなかった。一方、海の上の銀色のリボンは揺らめき、海岸線は町の光を反射して金色を帯びている。そして夜の空気はさわやかで、すがすがしかった。

シモーンはせつなげにため息をついた。「ここはとっても美しいのね。海のすぐそばで暮らせるなんて、あなたがうらやましいわ」

「君も海の近くに住んでいるんだろう？」

「いいえ、ちょっと違うわ。大学の近くの狭いフラットに住んでいるの。海岸までは一時間かかるわ。ちゃんとしたビーチだと二時間はかかりそうね」彼女はまたため息をついた。「そこも悪くはないけれど、ここと全然違うわ」

二人はさらに少し歩いた。夜の空気にバイオリンの音色がまといつく。

「何を学んでいるんだ？」

その問いがあまりに唐突だったので、シモーンは笑った。

「どうしてそんなにおかしい？」

彼女はかぶりを振った。「どうしてかしら。ただ、奇妙に思えたの。私たちは結婚したばかりで、ここにあなたがいて、私に何をしているかと尋ねている。普通は結婚前にきくでしょう」

「普通の女性は、人のうちに押しかけて結婚を申し込んだりしない」

「そうね」シモーンは足元を見た。「そのとおりだわ。私が学んでいるのは心理学よ。最終学年なの」

二人は砂浜に突き出している建物に近づいていた——最初の日、シモーンが道を渡るときにそばにあったレストランだ。つまり、アレサンデルのアパートメントは通りの向かい側にあるということだ。音楽が大きくなり、海の見えるバルコニーで演奏する少人数のミュージシャンが見えた。まばらな常連客が夜の最後の演目を楽しんでいる。通り過ぎるとき、その曲がシモーンの心をとらえた。ピアノとドラムにかぶさる甘いバイオリンの音色は情感たっぷりだ。シモーンは足を止めて耳を傾けた。

「あの曲はなんというの？」

「あれかい？」アレサンデルがほほえんだ。「古い民俗音楽さ。山や海、最初にこの場所にたどり着いて、ここに住み着いた人々について歌っている。だが、ほとんどの場合、歌詞は二の次だ。バイオリンに言葉を語らせればいいんだから」

「とても美しいわ」シモーンはさらに高く甘い旋律を響かせるバイオリン奏者を見つめていた。

しばらくのあいだ、周囲の空間を満たすのは、音楽と波の音だけになった。やがてアレサンデルが口を開いた。「君だよ」シモーンは夜の空気が官能的にそよぐのを感じた。「とても美しいのは」

彼女は驚いてアレサンデルに目を戻した。彼はシモーンを見下ろし、ほほえんでいる。おそらく、静かな波の音と対照的な、胸を締めつけるような音楽のせいなのだろう。あるいは、ベルベットみたいな空と、海に映る月明かりが銀のリボンのように見えるせいかもしれない。アレサンデルのほほえみを真正面から見つめ、シモーンは背筋を震わせるほどの衝撃を受けた。即座に後悔した。アレサンデルにあんなふうにほほえんでほしくない。私を美しいと言い、この結婚を実際よりもすばらしく見せるのはやめてほしい。

今になって、アレサンデルに手を取られて、友達か恋人のように砂浜を歩いたことが悔やまれる。二人は友達でも恋人でもない。感情抜きの事務的な取り決めをしただけだ。しかもアレサンデルは私の足元を見て、その条件までも自分に都合よく変えてしまった。この〝手をつないで砂浜を歩く〟ことも、私を油断させるためでしかない。アレサンデルのアパートメントはすぐ目の前だ。そして彼は、そこで始めたことを終わらせるつもりだ。

私にはできない。シモーンは首を横に振った。アレサンデルが何を提示しているにしても、拒絶の返事を伝えたかった。そのとき、ぼんやりと曲が変わっていることに気づいた。ドラムのビートに重なるバイオリンの旋律は、どこかなじみがある。

しばしシモーンは呆然《ぼうぜん》としていた。やがて、それがマルケルの誕生パーティで演奏された曲だと思い出した。ダンサーたちがセクシーに、情熱的に踊っていたタンゴの曲だ。アレサンデルは〝感情〟と呼ばれていると言っていた。

その曲がシモーンに結婚とはどうあるべきかを教えた。この結婚にはあるものが欠けている。決してその一部にはなりえないものだ。

感情――強く揺るぎない思い。

「ごめんなさい。もうこれ以上続けられないわ」

「砂浜を歩けない？」

シモーンはアレサンデルに殴りかかりたくなった。彼はわざと勘違いしたふりをしているの？「月も、砂浜も、手をつなぐことも――このすべてよ。私は望んでいないの。頬を染める花嫁のふりなんてできないし、初夜を楽しみにするなんて無理よ。私は拒否したのよ。あなたが脅迫したんじゃないの」

「僕と愛を交わすのが、そんなにおぞましいことなのか？」

「初めから望んでいなかったのよ。それはずっと変わっていないわ。もちろんおぞましいわよ！」

「望んでいないって？」

「最初にはっきりそう言わなかった？」

アレサンデルは黙り込んだ。扇情的なバイオリンの音色に耳を傾けるかのように宙を見つめていたが、やがてシモーンに目を戻した。「条件の変更に同意したのは君だ」

「あなたが私たちの結婚はお芝居だってフェリペに伝えると脅迫したからよ！　私がどんなにそれをいやがるか、知っているでしょう？　あなたは私に選択の余地を残さなかった。そのうえ、ずうずうしくも私が喜んであなたとベッドをともにすると思い込むなんて！　信じられないほど傲慢だわ。あなたは男性のいやなところをすべて合わせたような人よ。夫として望ましいところなんて一つもないわ！」シモーンは息を切らし、あえぎながら熱弁を終わらせると、次に来るはずのアレサンデルの怒りに対して身構えた。

「僕と踊ってくれ」アレサンデルが言った。

「なんですって？」

彼の目が挑戦的な光を放った。楽器の音が溶け合い、夜の空気に乗って音楽が紡ぎ出される。アレサンデルが砂の上をすべるように一歩前に進んだ。それからまた一歩、頭を上げ、背筋を伸ばした姿勢で前に出る。「僕と踊ってくれ」

「いやよ。ばかげているわ。踊り方も知らないのよ」

「知っているさ」アレサンデルは向きを変えた。「今だって踊っているようなものさ。言葉の代わりに体を使うんだ。どれだけ怒っているかを体で表現してくれ」

「いやよ！」シモーンは背を向けた。アレサンデルと砂浜で踊るなんて、考えることすらばかげている。「意味がないわ」

だが、シモーンは足を踏み出す前に手首を取られ、くるりとまわってアレサンデルの腕の中にいた。サンダルとストッキングはどこか遠くに飛んでいった。彼の胸に衝突したとき、肺から空気が押し出された。両手は二人の体のあいだにはさまっている。

「いやだって言ったでしょう！」

シモーンはアレサンデルの胸を強く押しやると、体をまわした。だが、彼に手をつかまれて、ふたたび腕の中に引き戻された。

「人でなし！」アレサンデルの両肩を押さえてできるかぎり体を離そうとしたとき、彼の両腕がウエストに巻きついた。アレサンデルはシモーンに熱いまなざしをそそぎながら、円を描いてまわりはじめた。

「いったいどういうつもり？」

「妻と踊っているんだよ。そのどこに問題が？」

「大ありよ！」アレサンデルの手が鋼のようにシモーンの体を押さえているのだから、問題は大ありだ。彼女の両手の下には壁のような筋肉質の胸があった。シモーンは以前あらわになったその胸を見ていた。今は実際にその感触を堪能していた。彼はとてもがっしりしていて無駄がなく、堂々としている。そしてシモーンは、彼の近くにいたくなかった。自分の手にそうした事実を教えてもらいたくはない。「ダンスはできないの。こういうのは無理よ」

「僕の首に両腕をまわせば、もっと楽になるよ」

もっと楽になるって？　きっとそうなのだろう。でも少なくとも、手が筋肉をさぐったりはしないはずだ。シモーンは力を抜いて、手をアレサンデルの首にすべらせた。彼の満足げな低いうめき声がシモーンの体の芯に響く。アレサンデルは彼女を抱いたまま、くるりと回転した。

それから片手を自分の首のうしろにまわさせると、シモーンの手を取って口元に運び、手の甲にキスをした。彼の舌が感じやすい肌をなぞり、シモーンは声をもらした。暗い熱情を秘める彼のまなざし、恋人たちのための音楽、ウエストを抱き締める彼の腕――何もかもがすばらしい。

アレサンデルはシモーンを引き寄せたままゆっくりと大きく二回ステップを踏み、彼女を後退させた。次にぱっと回転すると、いきなりシモーンの体を仰向けに倒した。しっかりと抱いているので、彼女のような未経験者でも引っくり返るような危険はない。

「ほらね」シモーンの胸と下腹部、脚のあいだのうずく場所に甘美な摩擦を引き起こしながら、アレサンデルは時間をかけて彼女の体を起こした。「踊れるだろう」

「あなたなんか嫌いよ」なぜならシモーンは、砂の上をまわるあいだ、アレサンデルの体の感触を楽しんでいたからだ。

「だから、これほどすばらしいものになるんだ」アレサンデルはシモーンを抱いたまま、まわった。

「対立と欲望が合わさると爆発するんだ」

「誰が欲望の話をしたの？」

するとアレサンデルがシモーンの体をくるりとまわし、ウエディングドレスが大きく広がった。背後からしっかりと抱き締められたシモーンは、彼の高まりを感じてあえぎ声をもらした。

「君の体がそう言うんだ。僕たちが触れ合うたびに」

シモーンは身震いした。否定してもしかたないが、かといってアレサンデルを満足させたくない。「深い意味はないわ。私があなたに好意を持っていることにはならないでしょう。純粋に肉体的な反応よ」

背後でアレサンデルが笑った。その声がシモーンの体を貫き、温かい息が耳をくすぐった。「ああ、僕は昔ながらの性の達人なのか」

シモーンはたった今自分が何を認めたかに気づいた。「違うわ！」アレサンデルの腕の中から逃れようともがいた。彼は自信たっぷりに勝ち誇っていて、しかも正しい。「べつにそれは――」

またしてもアレサンデルのすばやさと強さ、固い決意にはかなわなかった。彼はシモーンの両手首をつかむと、体をぴったり引き寄せた。アレサンデルの指が彼女の頭を押さえ、二人の顔はほんの数センチまで近づいた。

「それは君が僕を欲しがっているということだ」

「違う」

「そして僕は、君が欲しい」

「違うわ」今度は抗議というより懇願の声になった。

するとアレサンデルがほほえんだ。二人の視線がからみ合い、彼の親指はシモーンの開いた唇をなぞっている。「君にイエスと言わせるためには何をすればいい？」

「無理よ」シモーンはよくないと知りつつ、息を吸い込んだ。すでに彼の唇に目を向け、きたるべきキスを期待し、彼を味わっている。

それでもキスが始まったとき、その後の大渦巻きに対する心の準備はできていなかった。まるで氾濫した川が堤防を決壊させるように欲求があふれ出し、シモーンは大洪水の中に沈みそうになった。

そして溺れる者が岩にしがみつくように、アレサンデルにしがみついた。感覚がすべてを圧倒し、官能の波に彼女をさらっていこうとする。

アレサンデルはシモーンをじっくり味わっていた。シモーンはそれを許した。彼女自身もアレサンデルをじっくり味わいたかった。始まってしまった以上、今さら引き返せない。シモーンの唇は彼の唇と舌の攻撃を受け、あっさり開いてキスに応えていた。

情熱と今も聞こえる音楽が、シモーンを太古の時代へと引き戻した。今この瞬間がすべてだ。キスに身を投じながら、彼女はそれを確信した。残っていた理性は流された。アレサンデルの唇が喉へとすべり下り、シモーンは夜の空気の中であえぎ声をもらし、背中をそらした。

彼は熱かった。ものすごく熱い。欲求は突然可燃性になり、大洪水が炎に変わった。過熱する期待に全身が燃え尽きそうだ。そして彼女はアレサンデルにぴったり体を押しつけた。腿と腿、下腹部と下腹部が重なり、彼の硬い部分が灼熱《しゃくねつ》のひとときを約束する。シモーンが必要とするものを、もっと多くを保証していた。

もっともっと多くを。

アレサンデルに満たしてほしい。奥深くに彼を感じたい。その思いがすべてを圧倒する。アレサンデルの脅迫も、自信たっぷりの得意げな顔も気にならなかった。もしもこれが自分へのご褒美だとしたら、脅迫も見逃せるし、傲慢さも許せる。最悪な性格の欠点だって脇に押しやれる。

「君が欲しい」アレサンデルが荒い息で唇を引き離した。片手はシモーンの胸をとらえ、指先で先端を愛撫《あいぶ》している。もう一方は下にすべってヒップを包み込んだ。

「知っているわ」シモーンはあえいだ。

「君も僕が欲しい」その言葉は質問ではなく断定だった。アレサンデルは降伏を求めている。事実を認めさせ、シモーンが言えるはずもない言葉を言わせようとしている。

それでもなお、シモーンはかぶりを振った。「そんなことに深い意味はないわ」

「そこが重要なんだ」アレサンデルは喉の奥でうめき、一瞬ためらったあと、シモーンをキスで混乱の渦にのみ込んだ。「意味がある必要なんてないんだ」

10

なんらかの意味があって当然だ。シモーンはなんとしても反論したかった。けれどもアレサンデルに体をぴったり押しつけられ、唇を重ねられているときに、きちんと考えるのは難しい。

最後には、理性も欲求の潮流にさらわれていった。この男性と愛を交わすのは、合意書の条件に従う――務めを果たすだけではない。アレサンデルと愛を交わすのは、打ち寄せる波や天に昇る月と同じで、必ず起こることなのだ。食い止めることはできない。

気づいたときには、エレベーターに乗っていた。興奮に我を忘れ、裸足《はだし》のまま抱き合い、いつの間にか通りを渡っていたようだ。

エレベーターは遅く、アレサンデルはすばやかった。

彼はシモーンを壁に押しつけると、片手で彼女の髪をつかみ、もう一方の手で何層もの生地をたくし上げて、熱い場所に触れようとしていた。腿にアレサンデルの手を感じた瞬間、シモーンはショックにあえいだ。全身が脈打ち、うずいている。エレベーターが早く上に行ってくれないと、アレサンデルはここで私を奪ってしまうかもしれないと思った。

彼の手はさらに上にすべり、親指が両脚のあいだをかすめた。体の中で百万もの神経の末端が叫び声をあげている。アレサンデルが今すぐ私を奪ってくれればいいのに、とシモーンは願った。

だが、その前にエレベーターの扉が開いて、二人は転がるように専用ロビーに出た。アレサンデルは彼女と唇を合わせたままジャケットを脱ぎ、鍵をさぐった。部屋のドアが開いたときには、ネクタイははずれていた。アレサンデルがシモーンの両肩に手を置いて体を引き離した。彼の瞳は欲望に暗く陰り、息は上がっている。「僕としてはゆっくり進めるつもりだった。だが、あまり長くは待てそうにない」

シモーンの煮えたぎる血は歓喜した。待ちたくなかった。待てなかった。いったん軌道に乗ってしまったら、決断を下してしまったら、考えたり分析したり理性に邪魔されたりしたくない。考える時間はあとであるだろう。後悔もそのときにすればいい。

「私も待ちたくないわ」

アレサンデルはうめき声をもらすと、シモーンを腕に抱き上げた。そしてドアを蹴って閉め、ベッドへと向かった。

彼はしっかりした大きな足取りでアパートメントを突っ切った。シモーンは緊張していた。心臓は激しく打っている。これから何が起きるのか知ってはいるが、それでいて知らなかった。たしかに過去に経験はあるし、基本的には同じことだ。

それでいて今度は違うと何かが告げている。

たぶん今度の相手は大人の男性で、それがデイモンを少年のように思わせるのだろう。

今だけ、これが本当だと想像するのは悪いことかしら？　ほんのしばらくのあいだだけ、私は本当の花嫁で、これは本当の初夜だと偽ったからといって、何か差し障りがある？

リビングルームと同じく、寝室からはすばらしい景色が一望できた。縁が白く泡立つ黒い海を町の明かりが取り囲み、そびえる山々が守っている。恋人たちの月が、すべてを銀色に包んでいた。

シモーンの目に入る眺めはもっとすばらしかった。

黒髪、濃い色の瞳、日に焼けた肌――彼はまさに美しい傲慢なスペイン人だった。唇は快楽のために熟し、鍛えられた体は罪深いほどだ。

アレサンデルは二人の体を引き離すのが耐えられないかのように、ゆっくりとシモーンを床に立たせた。嵐の渦巻くその目には、彼女を求める欲求があふれている。このことがシモーンに力を授け、かけがえのない価値あるものを与えた。

いずれシモーンはメルボルンの小さなフラットに戻る。そこではサン・セバスティアンも傲慢なスペイン人も、ただの思い出でしかなくなる。アレサンデルのような男性が自分を求めたことだけが、寒い冬の夜、凍える体を暖めてくれるだろう。

アレサンデルの暗く陰るあの瞳が私を見て燃え上がる。彼にとって、私は取るにたりない存在かもしれない。それでも私はここで彼と一緒にいる。今、彼が求める女性は私なのだ。

アレサンデルの両手がシモーンの肩からむき出しの背中にすべり下りた。ファスナーが開き、ストラップレスのドレスがゆるんで床に落ちる。やがてシモーンはレースのガーターベルトと小さなシルクの下着だけの姿でアレサンデルの前に立っていた。

彼女の全身に視線を這《は》わせながら、アレサンデルが食いしばった歯のあいだから息をもらした。冷たい夜の空気にさらされてすぼまった胸の先端が、彼の熱い視線を受けて、さらに硬く突き出した。「美しい」アレサンデルがつぶやいた。その言葉がシモーンの心の特別な場所にそっと入り込み、葉のように舞い落ちた。彼の指がシモーンの喉に触れ、鎖骨から肩へとたどっていく。その愛撫《あいぶ》は拷問でありながら心地よく、耐えがたいほどすばらしい。

その手が下に向かったとき、高まる期待にシモーンの息が引きつった。指先に胸の輪郭をなぞられると、先端が触れられたくてうずうずした。

「先を急ぐとばかり思っていたんだけど」シモーンの抗議の声は切羽つまり、彼女の膝と同じように弱々しく震えていた。

「許してくれ。どんなに君が完璧かわかるかい？　僕はおそれおののいているんだ」

シモーンは目を閉じ、その言葉を心の中から締め出した。信じてはいけない。「あなたのほうは」震える声でささやいた。「たくさん着すぎね」

アレサンデルが深みのある低い声で笑うと、シモーンの胸の先端が喜びにさらに硬くなった。「忍耐は美徳というんじゃなかったか？」

「美徳は過大評価されているわ」

アレサンデルがうなり、シモーンは体の芯に衝撃を感じた。「君が欲しいのはこれかな？」彼は親指と人差し指で転がすように胸の先端に触れ、容赦なくじらしてから、てのひらでふくらみを包み込み、ぎゅっと握った。

シモーンはすすり泣くような声をもらし、まぶたを震わせながら目を閉じた。そして何が起きているか気づく前に、アレサンデルに手を取られていた。

「それとも、これが欲しいのかい？」

彼の意図を悟って、シモーンは思わずはっと息をのんだ。それからその手に触れた大きさに、力強さに、ふたたび息が止まりそうになった。今度おそれおののいたのはシモーンのほうだった。

同時にありがたくもあった。自分がこれほど大胆になれないのはわかっていた。アレサンデルが許可を与えてくれたのだ。彼がシャツを脱ぐあいだに、指で全体をたどってみた。

「君が欲しいのはこれだった?」

「ええ、そうよ」あまりの大きさに恐怖が芽生えたが、試してみたい思いのほうが強かった。すでにファスナーを下げて、内側に手を差し入れている。薄いシルクの下着の上からそっと握り締め、次に指先で撫《な》で上げた。「だから、お願い」

アレサンデルはうめくと、鋼のような手でシモーンの手首をつかんだ。「だったら、僕は君のものだ」その声はかすれている。「だが、これではだめだ。僕が達するときには、君の中にいたい」

その後アレサンデルは時間を無駄にしなかった。ドレスの輪の中からシモーンを抱え上げると、くるりとまわって彼女を雲のようにやわらかなベッドの上に横たえる。彼のズボンはその一秒後にはなく、下着は一瞬のうちに消えていた。

シモーンは固唾《かたず》をのんだ。目の前に立っているのは、燃えたぎる欲望の窯から作られた広い肩、たくましい胸の神の化身だ。今も彼の目には、その炎がひらめいている。そして高まる部分は誇らしげに、貪欲に求めていた。

突然名前も忘れそうになったデイモンとはまったく違い、少年などではなく完全な――いや、完璧な大人の男だ。彼が求めているものはわかっている。アレサンデルがベッドに片膝をついたとき、シモーンの口の中はからからになった。全身の水分が下のほうに集まっていた。

アレサンデルはシモーンの上に身を乗り出し、もつれる髪を撫でつけた。「僕はもう着すぎているほうではなくなった」そうつぶやくと、不均衡を正すべく、あっという間にシモーンを同じく一糸まとわぬ姿にした。彼が鋭く息を吸ったので、シモーンは大いに気分がよくなった。二人の唇が重なって、アレサンデルの舌が彼女の口に差し入れられた。一方彼の手はシモーンの体をさぐっていた。宝物をさがし当て、喜びを与え、熱を広げていく。

触れるごとに、キスをするごとに、肌と肌がこすれるごとに熱さが増していき、シモーンは自分が自然発火を起こすのではないかと思った。

「アレサンデル」彼の指が張りつめたつぼみの周囲をなぞったとき、シモーンはあえいだ。

「わかっている」アレサンデルが胸の先端から唇を離して、言葉で彼女を落ち着かせようとした。

でも、彼はわかっていない。わかるわけがない。そうでなければ、何かしてくれるはずだ。「お願い！」シモーンは息も絶え絶えに懇願した。

「何が欲しいか言ってごらん」今やアレサンデルの指先は彼女の中に忍び込み、狂喜の淵《ふち》へと駆りたてようとしていた。

ああ、神さま。一瞬の解放のあと、新たな熱い波が襲いかかり、シモーンは圧倒された。「あなたが欲しいの」

アレサンデルがほほえんだ。「だったら、望みをかなえよう」彼は唇を重ねながら、もっとも親密な形で二人の体を結び合わせた。

彼は大きかった。最初に触れた瞬間から、シモーンにはそれがわかった。受け入れられないかもしれないと思って怖くなった。でも、きっと大丈夫……。

「目を開けて」アレサンデルがキスを中断して命じた。「僕を見るんだ」

シモーンは混乱し、ぱっと目を開けた。

「力を抜いて」アレサンデルが頭を下げて、そっとキスをした。「力を抜いて深呼吸するといい」

「あなたはとても大きいわ。私にできるか――」

「もちろんできるさ」軽いキスがシモーンの胸の先端に落ちる。同時にアレサンデルの指が小さなつぼみをやさしく攻めたて、魔法を繰り出した。

突然、鋭い喜びに貫かれ、シモーンはうめいた。少し内側が押されるのを感じて目を閉じ、枕の上で頭をのけぞらせる。

「だめだ」アレサンデルが命令した。「目は開けたままでいるんだ」

「無理よ」抗議の声はため息でしかなかった。彼が少しずつ奥に進むにつれ、シモーンの内側の熱が上昇し、満たされる感覚がふくらんでいく。

「目を開けるんだ！　達したときの君の目が見たい」

シモーンは荒い息をつくと、命じられたとおり目を開けてアレサンデルの熱い視線を受け止めた。彼の額は汗で光り、顔は苦しげに引きつっている。その張りつめた顔に刻まれたむき出しの欲求が、内側に広がるすばらしい感覚をよりいっそう強め、シモーンを忘我の瀬戸際に送り込んだ。

「アレサンデル」息を切らし、彼の筋肉質の体に爪を立てたとき、シモーンは崖から転げ落ちた。

ああ、彼女はなんときついんだ！　シモーンが彼のまわりで花火のように炸裂《さくれつ》し、何度も締めつける。アレサンデルは歯を食いしばり、やっとのことで耐えていた。このまま終わりにするつもりはない。

彼はシモーンが落ち着くのを待ちながら、月の光のもと、サテンのように輝くなめらかな肌にキスの雨を降らせた。「これでよくなった？」貝のような耳たぶに唇をすべらせる。「力は抜けたかい？」

シモーンがうなずいた。「とってもいい感じ」

「よかった」アレサンデルはゆっくりと身を引き、

しばし待って、ふたたび中に突き進んだ。シモーンが目を開いた――大きく。

「どうする気?」また彼が身を引いたとき、シモーンが尋ねた。

「君の欲しいものをもっとあげているんだ」

「そうなの」その目に浮かぶ驚きとわずかな疑問が、喜びに変化する。「ああ!」アレサンデルが中に戻ったとき、シモーンが叫んだ。熱い感触に、彼はうめいた。前後に動くたびに、彼女がきつく締めつける。これでは長くはもたない。とても無理だ……。

解き放たれたシモーンの狂おしい叫びを聞き、アレサンデルも荒々しく野蛮な声をあげていた。奥深い場所から――彼自身も存在しているとは知らなかった場所から絞り出されるような声だった。

11

「コーヒーを持ってきたよ」

シモーンは目をぱちくりさせた。まだ眠りから覚めやらず、半分しか理解できなかった。コーヒーがどうとか? たしかにいれたてのコーヒーの香りが、あたりに漂うセックスの残り香に混じっているようだ。昨夜、睡眠よりも愛を交わすことに時間を費やしたのを考えると、これは驚くほどではない。

でも、コーヒーですって? 神のような体の持ち主のこの男性が、相手の女性のクライマックスを思いやるかのように愛を交わし、ビールを要求するのではなく、彼女のためにコーヒーをいれる?

シモーンは枕に頭を戻した。きっと夢を見ているに違いない。

「気分はどう？」

目をぱっと開けた。どうって何が？　彼はシャワーを浴びたばかりで、すっきりした服を着て――またしても体にぴったりして、引きはがしたくなるようなシャツに、長く細い筋肉質の脚が強調されるズボンという姿で、本当にカップにコーヒーをついでいる。シモーンは上掛けを胸の上に引っ張り上げて体を起こすと、乱れた髪を顔から払いのけた。

外は完璧な秋の日で、暖かく輝く太陽に湾がきらめいている。一方、シモーンの中の気圧計は測定不能の状態だ。

「私は……」めちゃくちゃだわ。「大丈夫よ」あんな夜を過ごしたのだから、想像もつかないほどひどい姿だろう。

「少しひりひりするんじゃないかと思ったんだ。今朝、また君を求めた僕が悪かった」アレサンデルはコーヒーにミルクを入れるか尋ねるように気軽に言った。「君のために時間を置くべきだった」

「私はべつに……そんな……」

「バージンじゃない？　それはわかっているが、君が経験豊富じゃないのは明らかだし」

「経験はあるわ。何度も。実を言うと、たくさんね。付き合っていた人がいると言ったでしょう」

そう聞いて、アレサンデルがほほえんだ。「ああ、そうだった。覚えているよ」彼は湾の景色を見渡した。「たぶん彼はあまり経験がなかったんだろう」

それを言うなら、持っているものも立派じゃなかったわ！　シモーンはアレサンデルではなくコーヒーを見つめた。そうしなければ、彼とデイモンをもっと比較してしまう。肩幅やたくましさなどを。シモーンは肩をすくめたが、アレサンデルの視線を感じてちらりと目を上げた。「彼はあなたとは全然違ったというだけ」

アレサンデルは肩越しに彼女を見つめてほほえんだ。「サイズは重要じゃないと言うじゃないか」

あら、それは大間違いよ。

そのとき時計を見たシモーンは、正午に近いと知って驚いた。上掛けを握ったままぱっと身を起こしたので、カップが受け皿の上で音をたてた。「病院に電話してフェリペのようすを確かめないと」

「僕が連絡した。容態は安定して眠っているそうだ」アレサンデルが彼女にローブを投げた。彼のローブだと気づいたシモーンは、顔に近づけて香りを吸い込みたい衝動を必死に抑えた。「彼に会いたいだろうから、昼食の前に、二人で会いに行くと言っておいた」

シモーンは奇妙にも胸を打たれながら、ローブを肩にかけて袖ぐりをさぐった。「そんなこと、しなくてもよかったのに」

「君はお祖父《じい》さんに会いたくないのか？」

「違うの、電話をかける必要はなかったということ。そこまで当てにしていないわ」

アレサンデルは肩をすくめると、窓の外を見やった。「君は眠っていた。ようすを知りたいんじゃないかと思ったんだ。何か問題があるのか？」

「あなたのことを、やさしくなれる人なんだって思うかもしれないわよ。心配にならない？」

シモーンはなかば冗談のつもりで言ったが、そんなふうには受け止められなかった。アレサンデルが目を見開いた――ゆっくりと。「君がどう思おうと、僕は人でなしじゃない。必要があれば、礼儀の範囲を拡大することだってできる。それに、僕が新たに義理の祖父になった人のようすを尋ねないのも変だろう？」

彼は振り向いて、しばらくシモーンを見つめていた。強烈なまなざしにさらされ、彼女は落ち着きを失い、乱れた髪に手を当てた。きっと彼は、どうしてこんな女と一緒にいるのだろうと考えているに違いない。

するとアレサンデルがベッドに近づき、シモーンの顎をとらえて、唇にそっとキスをした。

「そもそも」彼はその手で顎をとらえたまま、シモーンの目をさぐった。「それを深読みするほど君はばかじゃないだろう」

彼が手を離して体を起こした。シモーンはすっかりとまどい、混乱していた。そして立ちあがろうとしたとき、たしかにひりひりするのを感じた。つまり、このすべてが孫娘の義理堅い夫としての行為だということ？　礼儀の範囲内でしかないの？

それでも、彼が電話をかける必要はなかった。今さら人にいい顔を見せなくてもかまわないのだ。二人は取り決めを交わして結婚した。私が逃げ出すことはありえないのだから、彼は気を配る必要などない。

シモーンは素足でバスルームに向かい、自分が結婚した男性について――今やあらゆる意味で夫となった男性について、改めて考えた。

取り決めは一時的なもので、結婚は数カ月で終わる。けれども、昨夜のような夜を過ごしてしまうと、アレサンデルが完璧な夫のように見えてくる。彼は私の世界をばらばらに吹き飛ばしたあげく、わざわざキスをして、もとどおりにした。彼が本当の夫だったら、ここがパラレルワールドで、取り決めも脅迫もない違う状況で出会っていたら、と思い描くときもある。

最低、ほんとに最低！

アレサンデルを夫だと思いたくなるなんて、いったい彼は私に何をしたの？　愛を交わしたせいで目がくらみ、単なる取り引きでしかないことも忘れてしまったの？　なおも悪態をつきながら、シモーンはぶかぶかのローブを脱いでシャワーの下に立ち、顔を上げて湯を受けた。

なぜアレサンデルはセックスを強要したのかしら？　どうしてわざわざ事を複雑にしたの？　セックスは必ず事を複雑にする。それがわかっていたから、条件に盛り込んで安全策を取ったのに。

ところがアレサンデルは土地だけではもの足りなくなり、セックスも結婚の代償として求めた。

そして私も同意した。セックスと今朝のキスがどれほど強力だったとしても、合意するだけの価値があるのだろうか？

翌日病院はフェリペの退院を許可したが、話によると、それはアレサンデルが手はずを整え、二十四時間つきっきりの看護師があてがわれるからだった。とはいえ病院側は、これも永遠ではないと警告した。

フェリペは結婚式のあと、前向きだった——少なくとも数週間は。


葡萄《ぶどう》畑にも冬が近づき、蔓《つる》から葉が落ちるころ、シモーンは葡萄畑が見渡せるいつもの椅子に座るフェリペを目にした。彼は目をなかば閉じ、シモーンが話しかけても、彼女の存在すら気づいていないように見えた。そこで祖父は眠っていると考え、シモーンは彼のコーヒーカップを取り上げた。すると、骨張った手が伸びて、彼女の手首をつかんだ。

「私の孫娘《ミ・ニエタ》！」

シモーンは飛び上がった。それから自分の反応に笑った。「どうしたの、お祖父ちゃん？」

「おまえに言わなければならないことがある。前から言うつもりだったことだ」フェリペは首を伸ばして周囲を見た。「アレサンデルはここにいるのか？」

シモーンは首を横に振った。「葡萄畑のどこかにいるわ。呼んできましょうか？」

「いや。これはおまえに、おまえ一人に話したいことなんだ。私の隣に座りなさい」

シモーンは椅子を引いた。「なんなの？」

フェリペが苦しげなため息をついた。「おまえに話しておきたい。私にはもうあまり時間が残っていない。どうしても言っておきたい……」

「だめよ、そんなふうに考えないで」

同情と理解が必要なのはおまえのほうだと言わんばかりに、フェリペがシモーンの手をそっとたたいた。「いいかい、今の私は医者でもどうにもならない。それでも、この話はできる。おまえがここに来てから――結婚してからというもの、私はこれ以上ないほど幸せだ。おまえに礼を言わなければ。私の人生にふたたび太陽を輝かせてくれたのだから」

「お願い、お祖父ちゃん、そんな必要はないのよ」

「どうしても必要なんだ。おまえは自分のしたことがわかっていないのか？　私に希望を与えてくれた。百年以上、会話も交わさなかった二つの家族を結びつけたのだ」

シモーンは顔を伏せた。真実を知っていたら、フェリペは決して喜ばないだろう。それでもシモーンは笑みを浮かべて、祖父の手をそっとたたいた。

「お祖父ちゃんが幸せになってくれてうれしいわ」

「幸せどころじゃない。私たちのいさかいはずっと昔にさかのぼる。その終わりをこの目で見られるとは思わなかった。だが、アレサンデルは立派な男だ。彼は私が持つことのできなかった息子のようだ」フェリペは言葉を切って息をつくと、うなずいた。

「何が起きたか、知っているか？」

「アレサンデルが教えてくれたわ。先祖の誰かが――お祖父ちゃんのお祖父ちゃんだったかしら――エスキヴェル家に嫁ぐはずだった花嫁と結婚してしまったとか」

老人はうなずいた。「ああ、そうだ」彼は喜びがはじけたように笑い、それからまた真顔になった。

「だが、その後の話は聞いていないんだろう？」

「その結果、二つの家族は百年にわたって対立し、遺恨を残した、ということだけ」

「ほかは？　ほかのことは聞かなかったか？」

シモーンはアレサンデルとの会話の記憶をたどった。「ほかのことは思い出せないわ」

フェリペがうなずいた。「ああ、やっぱり彼は話していないんだな。たぶん、そのほうがいいのだろう。とにかく、今となってはどうでもいいことだ」

「なんなの、お祖父ちゃん？」シモーンはうなじのあたりがざわめくのを感じた。「何が今となってはどうでもいいの？」

「花嫁がほかの男と結婚してしまったと気づいたとき、サルベデル・エスキヴェルは復讐《ふくしゅう》を誓い、エスキヴェル家はオチョア家の者を彼らの土地から永遠に追い払うと決心したというだけだ。彼らの目的は常にそれだった。だから我々はずっと彼らと闘ってきた」フェリペはじっとシモーンを見つめていた。その目に涙が光り、彼女がこれまで見たこともない笑みを浮かべている。「アレサンデルとの結婚で何を成し遂げたかわからないのかね？　呪いは解けたのだ。エスキヴェル家は二度と我々をこの土地から追い払うことができない。オチョア家は永遠にここに結びつけられる。私はおまえを誇りに思うよ、ミ・ニエタ、とても誇りに思う」

シモーンはフェリペに引き寄せられ、抱きしめられた。体にまわされる細い腕を、厚手のシャツの下の肉のない背中を感じ、自分の足元で地面がぱっくりと割れるのを感じていた。

ああ、神さま、私は何をしてしまったの？

みずからの手でサインし、残っていた最後の土地とオチョア家のつながりを断ってしまった。自然にそうなったのではなく、私がそうしたのだ。「お願いだから、誇りになんて思わないで」シモーンは懇願した。「私にはふさわしくないもの」

「ばかな」フェリペは骨張った手を振って、シモーンの抗議を退けた。「おまえは希望を失った老人を幸せにしてくれた。申し訳ないことに、最初はアレサンデルが信じられなかった。彼はただ土地に興味を持っているのだとばかり思っていたからな。だが、彼はおまえを愛している。私にはわかるのだ。それに彼を見つめるおまえの目には愛があふれ……」

「お祖父ちゃん……」シモーンは目に涙を浮かべ、そっとフェリペをさえぎろうとした。これ以上聞くのは耐えられない。「お願いだからやめて」

だが、フェリペもまた、最後まで言おうと決意していた。「いいから私の話を聞きなさい。今となっては、私には時間が残されていない。わがままだが、あとは眠っているあいだに死が訪れ、マリアのもとへ旅立つことだけが、たった一つの願いであるべきなんだろう。しかし、もう一つあるのだ。旅立つ前に、ぜひとも子供の知らせを聞きたい」

「お祖父ちゃんはどこにも行かないわ！」シモーンは祖父の手を握り締めた。彼の願いは実らない。決して子供ができないのはわかっていた。

「頼むぞ」フェリペが言い張った。「もしわかったら、必ず言ってくれ。約束してほしい。死ぬ前に、老人を笑顔にさせると」

「言うわ」シモーンの頬に涙が流れ落ちていた。

「約束する」

「私のために泣くな」フェリペは彼女の涙を誤解した。「私のために嘆くことはない。おまえを悲しませるつもりはなかった」

「ごめんなさい」シモーンは最後にもう一度彼を抱き締めた。「本当にごめんなさい」そして泣きながら家を飛び出した。

私は何をしてしまったの？

シモーンは葡萄畑を走りつづけた。思いは千々に乱れている。すばらしい景色も目に入らず、葡萄が髪にからまり、服に引っかかるのも気づかなかった。自分のしたことにすっかり打ちのめされていた。

私は祖父に嘘《うそ》をついた。そう、彼の最期の日々を幸せにするため――それはたしかだ。けれども、その結果、彼がずっと大事にしていたものがなくなったとしたら、なんの慰めになるだろう？　私が嘘に嘘を重ねた末、フェリペは作り話を信じてしまった。この完璧な結婚をもとに将来を思い描いている。

完璧な嘘をもとに。

そして私を誇りに思い、家族を救ったことを感謝している。復讐の誓いと、何世代にもわたる呪いを打ち砕いたのだから。

私自身が呪いだというのに。

私はフェリペを、彼の信頼を裏切った。祖父に嘘をつき、彼の大切なものを人に与えてしまった。

けれども、罪悪感と悔恨の内側から、からみ合う失望と自己非難をかいくぐって、煮えたぎる怒りがわき上がってきた。

私も裏切られた。

アレサンデルは知っていたはず！

最初から、アレサンデルがオチョア家を追い出す誓いについて知っていたのは間違いない。私は土地を銀の皿にのせて差し出したも同然だ。そして土地だけでは足りず、彼は私も欲しくなった。これも復讐の一部？　ずっと私を笑っていたの？

シモーンは気分が悪くなってきた。

アレサンデルは私を嘲笑《あざわら》っていたのだ。私は彼が思いやりを示してくれているとさえ思った。

ああ、神さま。

シモーンは土地の境界に建てられたフェンスにたどり着いた。ここはフェリペから余命を知らされたとき、落胆して来た場所だった。あのとき、彼の最期の日々を幸せにするために、この計画を練った。

愚かな計画だ。

うまくいくと思ったとは、なんて愚かだったのだろう。嘘を重ねて罰を免れると、損もせず報いも受けないと思ったなんて。しかもアレサンデルとのセックスが、自分の払うべき代償だと思い込んでいた。

違う。

私はたった一人残された家族の愛と信頼を裏切った。消えていく家名を救うために私を当てにしていた家族を、祖父を裏切った。これが私の払うべき代償だったのだ。

シモーンは苦悩に打ちのめされ、嗚咽《おえつ》をもらした。涙が止めどなく流れる。しゃくり上げながら、葡萄畑の古く太い葡萄の杭《くい》にしがみつき、すばらしい景色に目を馳《は》せた――湾曲したぎざぎざの海岸線、美しい青い海、岬の手前には赤い屋根のゲタリアの町が広がっている。

最初からアレサンデルは知っていた。彼は私の背後で高笑いしていたのだ。彼の一族が何世代にもわたって達成できなかったことを、私一人で成し遂げてしまったのだから。

私がアレサンデルのもとに行き、協力を求めた。二度とフェリペと顔が合わせられない。

「シモーン！」

ああ、どうしよう。またその声がいくらか近い場所で響いた。彼ではない。ほかの人だ。シモーンは葡萄の蔓の中にまぎれようとしたが、ブルーと黄色のサンドレスを着ていては、身を隠すのは難しい。

「シモーン！　やっとつかまえた」

シモーンはアレサンデルに背を向け、両手で頬の涙をぬぐった。

「シモーン、君が取り乱して出ていったとフェリペから聞いたんだ」

「あっちへ行って」シモーンは振り向かずに言った。

「どうしたんだ？」

「いいからほうっておいて」

　アレサンデルはそれを無視し、シモーンの背後に近づくと、肩に手を置いた。彼に触れられることにも、すっかりなじんでしまった。絶対に人には言えない場所を熱くさせる彼に。だが、今は冷たさしか感じない。「シモーン、いったいどうした？」

「私に触らないで！」彼女はくるりと振り返ってアレサンデルの手を払いのけた。「もう二度と私に触らないで！」

「いったいどうした？　何かあったのか？」

「なんだと思う？　どうしてすべて話してくれなかったの？」

「話すって何を？」

「あなたが教えてくれたエスキヴェル家とオチョア家のいさかいの話は穴だらけだったわ」

　アレサンデルが眉をひそめる。「それがどうかしたのか？　僕は何を抜かしたことになっている？」

「あなたが都合よく省いた部分よ。エスキヴェル家がオチョア家をこの土地から追い出すと誓ったところよ！」

　アレサンデルは両手を上げて肩をすくめた。「それがどうした？　そこが重要だなんて思わなかったからだ」

「〝それがどうした〟ですって？　私をからかっているの？　あなたがフェリペを――私たちを追い出すつもりだと最初から知っていたら、私があなたと結婚なんてしなかったと思わない？」

「ばかな《ディオス》！　この結婚はすべて君の考えだったんだぞ。それを忘れるな。計画を持ってきたのは君だ。君は結婚したくて必死だったじゃないか！」

「土地を条件に入れたのはあなたでしょう！　なぜなら、あなたは知っていたからよ。違う？　最初からあなたの一族が私たちを追い払いたがっていると知っていた。この土地から私の一族を永遠に排除できる方法がわかったんですものね！」

「何を言っているんだ！　僕が百年以上も前に起きたことを気にしていると本気で思っているのか？　オチョア家を追い払うつもりだったと？」

「あなたがわざわざ土地が欲しいと言い出したのに、どう考えろというの？　フェリペは今、私が一種の呪いからうちの一族を救ったと信じているのよ。私にわかるのは、自分が呪いを引き起こしたということだけ。私が呪いをもたらしたのよ。あなたにこの気持ちがわかる？」

シモーンは膝から崩れ落ち、地面に座り込んだ。

アレサンデルが両手で彼女の肩をとらえ、立ち上がらせると抱き寄せた。「どのみち土地など気にする必要があるのか？　君は故郷に帰る。君自身が、自分はここの人間じゃないと言ったんだぞ」

シモーンは力まかせに彼を押しやった。「それで事がおさまるとでも？　それがあなたの言い分？」

彼女はこぶしを握り、アレサンデルのびくともしない胸をたたいた。彼が手を離そうとしないので、さらに力を込めた。「私に触らないで！」

アレサンデルは腕を伸ばして体を離したが、彼女はなおも殴りかかろうとした。彼は彼女の手首をとらえて引き寄せた。「いったいどうしたんだ？」

「あなたは知っていた」シモーンは顔を上げて、非難を繰り返した。「土地のことも、呪いのことも最初から知っていたのよ。土地はフェリペにとってすべてなのよ。それをあなたが奪い取った」

アレサンデルの目が危険な光を放ち、首の筋が浮き上がる。「君がこの話を持ちかけた。忘れるな！　僕のところに押しかけて懇願したのは君なんだぞ」

シモーンはむなしく身をよじった。「でも、あなたは知っていた！　最初からずっと！」

「だからどうした？　そんな呪いなど、僕にとってなんの意味もない！」

「でも、彼にとっては意味があるの！」シモーンは硬直するあまり、自分がぽきんと折れてしまいそうに感じた。「だから、私はあなたが憎いのよ！」

アレサンデルはうなると、ゆっくり首を左右に振った。彼の暗い瞳は磁石のようで、その磁力は執拗《しつよう》で強力だった。「いや、違う。君は僕をまったく憎んでいない」

ゆっくりした言葉と独特のアクセントがベルベットのようにシモーンを撫《な》で上げる。彼女は初めてまぎれもない恐怖の戦慄を感じた。

そして、まぎれもない興奮の戦慄と。

だめ！　それでは彼に勝利を与えることになる。

シモーンはやみくもに手首を引っ張った。「放して」

アレサンデルが引き戻し、結局シモーンは彼のたくましい胸にさらに近づくことになった。アレサンデルの口角が持ち上がり、その目は彼女から離れない。シモーンには彼の意図がわかった。

「放して！」

アレサンデルが距離をつめた。彼女はぱっと退いた。彼がまた一歩近づき、シモーンは退くというよりよろめいた。そして先ほどしがみついた杭を背中に感じた。

アレサンデルはシモーンの手を放し、今度は両手で顔をはさんだ。彼の指が髪のあいだに入り込んだ。シモーンはうしろに手を伸ばし、支えとなる杭をつかんだ。貪欲な指をアレサンデルから引き離しておきたかった。

「何をする気？」すでに答えは知っていた。

だからアレサンデルの唇が重なったときも、驚きはなかった。激しさには驚いた。心を動かされずにいるのは無理だ――彼の熱い唇と舌は、シモーンの魂までも奪いたがっているようだった。

彼は私に何をしたの？　炎がなめるようにアレサンデルの舌が彼女の喉をたどったとき、シモーンは自問した。彼は私をどう変えたの？

感情だ。そんな答えが返ってきた。シモーンはキスに身を投じ、彼が差し出すものを受け取った。

感情――アレサンデルはシモーンを感情だけの存在におとしめた。シモーンは感情の囚《とら》われ人となり、アレサンデルの囚われ人となってしまった。

アレサンデルに抱き寄せられると同時に、シモーンの両手は背後の支えを捨てて、彼の服をつかんだ。サンドレスのファスナーが下げられ、シモーンの胸のふくらみが彼の唇に向かってさらされた。

やがてアレサンデルが両手でサンドレスの裾をとらえてたくし上げ、次に下着に指をかけると、あっという間に取り去った。

シモーンの感じやすい場所を空気がかすめる。

「アレサンデル」なかば懇願の、なかば抵抗の声だった。

「わかっている」彼はシモーンの喉に、顎に、口に向かってつぶやいた。

するとアレサンデルがシモーンを抱え上げ、彼はそこに――彼女の入り口にいた。シモーンはこれで私の世界は終わってしまうと思った。それでも、今すぐ彼を中に迎えられるならどうでもよかった。

アレサンデルの上に引き寄せられた瞬間、シモーンは声をあげた。彼が身を引いたとき、自分が間違っていたと知って、ふたたび声をあげた。なぜなら、世界を終わりにしたくなかったからだ。こんなふうに感じられるうちは、あきらめきれない。

アレサンデルは怒りと激しさを込めて彼女の中に我が身をたたきつけた。シモーンもまた怒りと激しさをこめて彼を締めつけた。ただ彼を自分の中に引き止めたかった。動くたびに欲求はふくらんでいく。

「これでも僕が憎いか？」アレサンデルは繰り返し貫きながら、うなるように尋ねた。「まだ僕が憎いのか？」

シモーンの体は燃え盛り、今にも深い淵《ふち》に転げ落ちそうだった。「憎いわ」でも、フェリペも、土地も、百年以上も前の復讐の誓いも関係ない。あなたが私をこんなふうに変えてしまったからよ。「それはずっと変わらない」

その言葉に応え、アレサンデルはシモーンが杭に頭をぶつけるほどの勢いで身を突きたてた。その動きはより深く、より激しく、より執拗になり、シモーンの中の緊張を容赦なく高めていく。

私は頂点に達しない。彼にそうはさせない。アレサンデルの能力を知りながらも、シモーンは自分に言い聞かせた。私は持ちこたえる。彼にそんな満足を与えるつもりはない。

シモーンは感覚の奔流に逆らい、抵抗した。メルボルンの小さなフラットにいる自分を想像しようと努力した。そこではこの男性も、この感情もただの遠い記憶になるだろう。

だが、これは困難を極めた。アレサンデルの口が喉を、唇を攻めたて、彼の手は胸のふくらみをとらえて指が先端をつまんでいる。そして彼の硬い部分が奥深くへと押し入っているのだ。これではとても……無理だ。

やがて訪れた解放の瞬間は、咳《せき》をこらえきれなくなったときにも似て、もとの十倍の激しさで襲いかかった。シモーンは竜巻にもまれるように旋回しながら、果てしない頂上に向かって上へ上へと押し上げられていった。閃光《せんこう》と熱い衝撃とともに達したあと、竜巻の外へとほうり出され、地上に舞い落ちた――アレサンデルに地面に下ろされたときには、闘志も萎えて、ぐったりと彼の体にもたれかかった。

アレサンデルが憎かった。私にこんな仕打ちができるなんて。いさかいを嵐に変え、怒りを情熱に変えてしまうなんて。

私は彼が憎い。私をめそめそした意気地なしにしてしまうから。

　愛しているから、私は彼が憎い。

　ああ、神さま、この気持ちはどこから出てきたの？

　シモーンは望ましくない考えを消したいと思った。否定しようとした。けれども、そこにある真実が、どちらも許さなかった。

　私は彼を愛している。

「くそっ《ミエルダ》！」アレサンデルが悪態をつき、まるでシモーンが毒を持っているかのように体を引き離した。

「君はピルをのんでいない」

　シモーンは目をしばたたいた。なぜそれが問題なのかわからなかった。「今さらなんなの？」

「僕は避妊しなかった」

12

「まさかそんな！」もっとも望んでいないことがこれだった。シモーンは片手で頭を押さえた。デイモンと同じ状況だったあのとき、あの恐怖がよみがえった。あのときは避妊具を使ったが、今度はそれすら使っていない。まったく防御していなかった。

　アレサンデルと肉体的な関係を結んではならないのは、最初からわかっていた。どうして彼は事が複雑になるかもしれないと思わなかったのだろう？　どれほど深刻な事態になりうるか、気づかなかったの？　パニックに陥っていたシモーンの脳が怒りを作り出した。「ひどいわ！　どうしてそんなばかなまねができたの？」

アレサンデルはシモーンを支える杭《くい》の高い場所にてのひらを打ちつけた。「君は僕に避妊具をつけろと頼んだか？」

「つまり私のせいだということ？」シモーン自身も避妊など忘れていたが、こんな非難を黙って受け入れるつもりはなかった。「あなたが自分を抑えられなかったからなのに？」

「だったら、君は望まなかったというのか？」

「私がセックスを求めたかしら？　それとも、いつものようにあなたがただ要求しただけ？」

「君は楽しんだだろう。それは君もわかっている」

「それとこれは関係ないわ」

アレサンデルは肩をいからせてシモーンに背を向けた。二人のあいだに距離ができて、彼女はほっとすると同時に彼を失った寂しさを感じた。相反する感情に驚きながら、これもすべて愛のせいだと思えば、意味が通るのだろうかと考えた。

アレサンデルのアパートメントを訪れた最初の日から、心の葛藤が思考を混乱させている。けれども今は、ほかのものがシモーンの思考を混乱させ、心のもつれを加えていた。

妊娠していたらどうするの？

シモーンは以前同じ悪夢を経験している。彼女を求めてもいない男性の子を身ごもる――その不安に圧倒された。もしそうだったらと考えると恐ろしく、それがわからないのは実に頼りない。

何よりも、絶対にできないとわかっていることを考えて、果てしない自問自答が続くのだ。シモーンは信仰深い人間ではない。両親は行動の指針となる特定の宗教を持たずに彼女を育てた。シモーンも自分がしたいと思うことはなんでもできると信じて成長した。けれども、どうしても行けない場所もあるし、越えてはならない線もある。

どのくらいの確率なのだろう？

あのときは運が味方してくれたけれど、生理が来たとわかってうれし涙を流すまでの数カ月は、ぎりぎりの精神状態で過ごしていた。デイモンの子を身ごもっていたら、どうなっていたかわからない。

そして今、悪夢がふたたび繰り返されようとしている。あの恐怖に、希望に、不安に悩まされるのだ。結果がわかるまで、眠れない夜が続くに違いない。

妊娠するわけにはいかない。これが終わったら、ここを立ち去るのだ。立ち去らなければならない。アレサンデルに真実を知られる前に。

アレサンデルを愛してしまったことは、取り決めに含まれていないからだ。

「僕が悪かった」アレサンデルが突然謝罪し、シモーンを面食らわせた。「君と愛を交わすべきではなかった。ここで、こんなふうに」

シモーンは頭を切り換え、日数を計算してみた。

「たぶん大丈夫」そう信じたかった。「よほど運が悪くなければ」考えてみると、前回は運がよかったのだ。こういう運は、交互にやってくるものでは？今度は運が悪い番？

アレサンデルは背を向けたまま、シモーンを見ようとはしなかった。「運は関係ない。起きてはならなかったんだ！」

シモーンは精いっぱいの威厳をかき集め、落ちていた下着を拾い上げると、まるめて握り締めた。

「あなたの言うとおりね。次の機会に忘れないようにすればいいんじゃないかしら」

アレサンデルはぱっと振り返った。「次の機会などない。くそっ、今回だって、ないはずだったんだ！」

たしかに彼は精力旺盛だ。ずっとそうだった。ティーンエイジャーになったばかりのころ、初めて女性を知った。そのときの奔放な相手は、少年の夜の夢をすべてかなえ、快楽の手ほどきをしてくれた。衝動に駆られてこんなミスを犯したことは、これまでに一度もない。

言い訳はできない――彼女を責めるほかには。なぜならシモーンのせいでこうなったからだ。彼女がアレサンデルをただの欲求のかたまりにおとしめた。冷静に考えなければいけないときに、彼の正気を失わせ、欲望に駆りたてたのだ。

「子供などありえない！」

「私が欲しがっていると本気で思っているの？」

「当然だろう？　この関係を引き延ばして多くを得るのは君なんだから」

「そう思う？　どうして私があなたと一緒に過ごす時間を延ばしたがるの？　いいえ、これが終わったら、私は帰国するわ。あなたの子供をおみやげとして持って帰るなんてごめんだわ」

「もしそうなったら？　ただ消えてほしいと祈ればすむものじゃないんだぞ」

「そうなったとしたら、誰のせいなの？　私はセックスはなしにしたいと言ったのよ。それなら複雑になることもないとも言ったわ。でも、〝セックスなしでは生きていけない〟誰かさんは、自制心をこれっぽちも働かせられなかったのね」

「だったら、君は楽しまなかったというのか？　クライマックスに達するたびに、僕が頂点に押し上げるたびに、喜びの声をあげなかったか？」

「それは関係ないでしょう。私がセックスを望まなかったのは、あなたもよくわかっているはずよ。条件を変えたのはあなたなのよ」

「君も同意しただろう！」

「私が同意しなければ、フェリペにこの結婚はお芝居だと言うって、あなたが脅迫したからよ！」

ほかにどうやって彼女を同意させられたというんだ？「君は欲しがっていた。僕のアパートメントにやってきたときから、僕を求めていたんだ。君の欲求を、僕が嗅ぎ取らなかったと思うのか？　ことあるごとに、君がそれであがいているのを僕が知らなかったとでも？」アレサンデルの頬に飛んだシモーンの平手打ちの音が、二人の言い争いを終わらせた。「君は真実に対処するのがうまくないな」

シモーンはぎゅっと目を閉じた。ああ、真実だなんて。今さら真実がなんだというの？　私はあまりに多くの嘘《うそ》をつき、どこまでが真実で、どこまでが嘘なのかも忘れはじめている。フェリペに会うたびに嘘をつき、結婚して幸せになったふりをしてきた。アレサンデルなど欲しくないと自分自身を偽りながら、彼と熱い夜を過ごしている。「真実というなら、あなたが否定できない真実があるわ。私たちがもともとの条件を守ってベッドをともにしなければ、今の会話もなかった。妊娠の可能性は問題にならなかったはずだもの」

二人のあいだに沈黙が張りつめ、静寂の中、非難と後悔が重くのしかかった。葡萄畑《ぶどう》で聞こえるのは、そよ風に揺れる葉の音と海鳥の鳴き声だけになった。

「それでいつわかる？」

シモーンは大きく息を吸った。「三週間？　もう少し早いかも」もっと早くわかりますように。胸焼けを感じて、ごくりと唾をのむ。アレサンデルは手段を講じるよう求めるかしら？　彼は世慣れている。選択肢があるのは知っているだろう。少なくとも、オーストラリアにはある。「私には……」シモーンは口を開いた。「とてもできないわ……」

「そんなことは許さない！」アレサンデルは即座にこの話題を切り捨てた。「三週間と言ったね？」

「その時期に入ったばかりなのよ。よかったわ。つまり……まだましなの。危険が少ないというか」

「そうか」アレサンデルが眉をひそめた。「そのくらいなら待てる。それまでのあいだ、僕は君が間違っていることを証明するつもりだ。自制心を働かせられるし、セックスなしで生きていけると」

シモーンは苦々しげに笑った。「ちょっと遅すぎると思わない？」

そうかもしれない。だが、シモーンから離れることになっても、なんとかなるはずだ。この数週間、アレサンデルは彼女とベッドをともにし、大いに楽しんだ。おそらく限度を超えて楽しんだのだろう。たぶん、そこが問題なのだ。

二人のあいだに距離を置き、壁を作る。これが、どちらにとってもいちばんいいのだ。フェリペはますます衰弱している――病気は無慈悲にも進行し、日に日に症状が悪化している。じきにシモーンは帰国するのだから、彼女をそばに置く状態に慣れても困るだけだ。

それにアレサンデルは、彼女をそばに置く状態に慣れたくなかった。女は短期間の付き合いだと決まっている。それがアレサンデルの流儀なのだ。

今までは、そういう流儀だった。

二人が家に近づいたときだった。何かが壊れる音に続いて、くぐもったうめき声が聞こえた。

「フェリペ！」アレサンデルの横にいたシモーンが声をあげ、ドアに向かって駆け出した。

「彼をうちに帰らせてくれないの」シモーンは病院の待合室の椅子に座り、はなをすすった。たった今聞かされた医師の話をアレサンデルに繰り返す。「私がついているべきだった。目を離してはいけなかったのに」

「どちらにしても、たいして変わりはない。フェリペは病気なんだ。彼の骨はもろくなっている。たとえ今日起きなくても、明日か、あさってには起きていただろう」

「でも、私がそばについているべきだった」

アレサンデルがシモーンの肩に腕をまわして抱き寄せた。「君のせいじゃない」

「フェリペは病院が嫌いなの。葡萄畑から離れたら、彼は死んでしまうわ」

「シモーン、フェリペは死につつあるんだ。今では病状も重く、うちにはいられない。君には彼の世話はできないし、二十四時間つきっきりで見ているわけにもいかないだろう」

シモーンはまたはなをすすった。フェリペは私を必要としていたし、私はそばにいるべきだった。そして私がどこで何をしていたかというと——ああ、神さま——結局、子供を望むフェリペの思いはかなうのだろうか？　これもまた嘘をついたために、払わなければならない代償なの？

シモーンは両手に顔をうずめて、さめざめと泣いた。「私がそばについているべきだったのに」

その後フェリペの容態は徐々に悪化した。腰の骨が折れたことで、寝たきりになるのは避けられなかった。シモーンはできるだけ彼と一緒に過ごした。フェリペは意識が明瞭なときもあった。そんなときにはマリアのことや、二人のなれそめ、プロポーズした祝祭日の話をした。うわごとをつぶやくときもあった。スペイン語、バスク語、英語が入りまじり、まったく意味をなさなかった。

夜になると、アレサンデルがシモーンを迎えに病院にやってきた。そしてアパートメントに連れ帰り、シモーンがベッドに入る前に必ず何かを食べさせた。朝もまた、きちんと彼女に食事をとらせた。

アレサンデルはしだいに内に引きこもっていくシモーンを見ていた。目立ってきた目の下のくまを、思いつめた表情を見つめ、彼女の強さに驚嘆した。

そして彼女を思って心を痛めた。

ああ、どれほどつらいことか。

彼はシモーンが欲しくてたまらなかった。彼女を抱き締め、包み込み、心の痛みをやわらげたかった。

彼女と愛を交わし、あの美しいブルーの瞳に生気と輝きを取り戻したかった。

だが、自分が口にした言葉を守るため、シモーンには近づかなかった。もっとも、彼女が気づいているとは思えない。だからといって、アレサンデルの気分はましにならなかった。

夜は眠るシモーンを見つめ、彼女の胸が上下し、美しい顔が目覚めるまでの短い時間、安らぐのを見つめた。朝になると、その顔には悲嘆と差し迫る喪失の痛みが戻っていた。

「毎日行く必要はないんだ」最初の週が過ぎたとき、アレサンデルはシモーンに言った。「自分のための日を設けるべきだ。リラックスするために」

だが、彼女はかぶりを振った。「行かなければならないの。彼には私しかいないんだもの。私には彼しかいないの」

アレサンデルはシモーンを思って心を痛めた。彼女はこれまでの短い人生で、あまりにも多くのものを失ってきた。

失っていないものまで僕が奪い取ってしまった。

〝私には彼しかいないの〞シモーンはそう言った。

これがアレサンデルのはらわたをえぐった。シモーンの中で、僕は頭数に入らないのだ。僕の居場所はないのか？　一緒に過ごした数カ月は、シモーンにとってなんの意味もない？

フェリペが死んだあと、約束の期間は終わり、二人は別れてそれぞれの道を進む。だが、自分が意味のない存在だったとわかって、どうしてこれほどいたたまれない気持ちになるのだろうか？

救急車が死の迫るフェリペを生まれ育った家に運んだ。二人の看護師が窓辺にベッドを設置した。そこからは彼が生涯暮らしてきた葡萄畑を眺められる。一緒にいられるのはあと一日、もってせいぜい二日だとシモーンは警告されていた。

　最初の日、シモーンはフェリペが耳を傾けられる程度に目覚めているときには、葡萄畑のようすや、オーストラリアの生活について話を聞かせた。ときおり、フェリペが息を引き取ったのではないかと思い、息をつめた。やがて彼の薄い胸から震える息が吐き出されると、飛び上がった。競走でもしたようにフェリペの呼吸が速くなるときもあった。また別のときには、彼は落ち着きなく体を動かし、シモーンにはわからない言葉をつぶやいた。

　二日目、シモーンも彼の呼吸に慣れてきた。最期の息がどんなものかわからないということに慣れただけかもしれない。それでも、彼の死は今日来るものと覚悟していた。

　三日目、シモーンは疲労を感じながらベッド脇に座っていた。フェリペは何も食べず、水分もあまりとらなかったが、それでも持ちこたえていた。彼を見ているのは――止まっては再開する呼吸に耳を傾け、苦しげな胸の音を聞いているのは、死ぬほどつらかった。シモーンは祖父の手を握り、彼が起きているように見えるときには話しかけ、彼が混乱し、興奮しているように見えるときには額をぬぐった。

　落ち着きのない動きはさらにひどくなった。フェリペは毛布をつかみ、シモーンには理解できない言葉をつぶやきながらうなされた。彼女は祖父の手を取り、やさしくなだめた。「寒いでしょう、お祖父《じい》ちゃん。手は毛布の下に入れておかないとだめよ」

　彼がようやく眠りに落ち、シモーンが立ち上がって脚を伸ばしたとき、看護師の一人が彼女の隣に現れた。「循環機能が低下しています。全身が終わりに近づいているんです」

「でも、どうしてこんなに時間がかかるんですか？」シモーンは悲痛な声で尋ねた。祖父には生きていてほしいけれど、苦しむのを見ているのもつらい。「それに何度もうなされるんです。彼は眠っているあいだに逝きたいと望んでいたのに」

看護師はほほえみ、シモーンの両手を取った。

「どうしても旅立てないときがあるんです。彼には心残りや気がかりといったことはありませんか？」

シモーンは首を横に振った。「私は彼が祖母のもとに行きたいのだとばかり思っていたので」

「では、未練があるようなことは何もない？」

シモーンは目を閉じ、ため息をついた。フェリペが望んでいたことが一つあった。

けれども、今となってはその可能性はない。待ち望んでいた生理は先週あった。アレサンデルには伝えていない。彼も尋ねなかった。日にちを忘れたのか、単に興味を失ったのかはわからない。シモーンがたぶん大丈夫と言ったので、それを信じたのだろう。あるいは、土地のほかはどうでもいいと思っているのかもしれない。どちらにしろ、アレサンデル
は気にしていない。知りたくないのだ。

それを言うなら、フェリペだって知る必要がない。

シモーンはベッドの上の苦しげな祖父に目をやって、唇を噛《か》んだ。もう一つ小さな嘘をついたからといって、今さらどうでもいいのでは？

そうよ。ふたたびせわしなく毛布を握るフェリペの指を見つめ、シモーンは決意した。もう一つ小さな嘘をついたからといって、たいした違いはない。

シモーンは彼のそばに座ると、冷たい手を取って、そっと握り締めた。「お祖父ちゃん、シモーンよ」

看護師の一人が電話をアレサンデルによこし、そのときが近いと伝えた。彼はその場に立ち会うべきかどうか考えた。この数日、シモーンはふたたびフェリペの家に戻り、アレサンデルは距離を置いていた。フェリペはシモーンの祖父だし、このひと月のことを考えると、彼女にいてほしいと望まれるだろ

うか。

だが、離れたままではいられない。

シモーンはじきに去る。フェリペが死んでしまえば、彼女がここに残る理由はない。荷物をまとめて、故郷に――メルボルンの大学に戻るだろう。

もしそうなれば、二度と会えないに違いない。

その前にもう一度彼女に会う必要がある。

それに、シモーンはこの世で彼女が唯一気にかける人を亡くすことになる。きっと誰かにいてほしいと思うはずだ。

アレサンデルはその誰かでありたかった。たとえシモーンがどうでもいいと思っていても、彼女のために自分がそこにいると知ってもらいたかった。

アレサンデルは小さな家に足を踏み入れた。薄暗い室内に目が慣れるまで、しばらくかかった。やがて、ベッドの脇に座るシモーンが見えてきた。

「お祖父ちゃん、シモーンよ」彼女は冷たい祖父の手を取り、温めようとした。

フェリペが低い声で理解できない言葉を何かつぶやいた。それでも彼は目覚め、耳を傾けている。

「お祖父ちゃん、いいニュースがあるの」シモーンの目に涙があふれた。これまでの嘘に加えて、また一つ嘘をつくことになるが、たぶんこれが最後だと自分に言い聞かせた。これでフェリペが心おきなく旅立てるなら、今まででいちばん重要な嘘になる。

「お祖父ちゃんの望みがかなったのよ。私……赤ちゃんができたの。男の子だったらいいんだけれど。それなら、お祖父ちゃんの名前をもらえるでしょう。そのときにはフェリペと名づけるつもりよ」

「ああ」老人はあえぐように声をあげ、シモーンを引っ張ると、口をぱくぱくさせた。「ああ！」

シモーンは祖父の上に身を乗り出した。「どうしたの？」

「幸せだ」フェリペがあえいだ。「ありがとう《グラシアス》、私《ミ・》の孫娘《ニエタ》、グラシアス」その尽力が限界を超えていたのか、彼は枕の上でぐったりした。シモーンはこれで言い終えたのだろうと思ったが、やがてかぼそい声が聞こえた。「マリア……マリアが迎えに来た。彼女のところに行かねば」

「ええ《シ》」シモーンはうなずいた。あふれる涙がベッドにこぼれ落ちた。「お祖父ちゃんにまた会えて、すごく喜んでいるでしょうね」

その後、どのくらい時間がたったのかはわからない。シモーンにわかるのは、看護師の一人に肩をたたかれたことだけだった。「旅立たれましたよ」その言葉に、シモーンはうなずいた。なぜなら、フェリペが妻のもとに旅立った瞬間を感じ取ったからだ。

これで終わった。

13

彼女は妊娠している。

死にゆく男に向けたシモーンの告白にショックを受け、アレサンデルはよろめくように部屋を出た。シモーンは妊娠し、それを僕に——子供の父親に伝えようともしなかったのだ。

僕は怒るべきだ。彼女はいつ知った？　数日前？　先週？

いや、ただ怒るのではない。激怒するべきだ。

僕はこういう結末をずっと前から恐れていた。そして本当に起きてしまった。一時的な取り決めだったはずが、いっきに複雑になった。しかも、シモーンは僕に言おうともしなかった。

アレサンデルは答えをさがして顔を空に向けた。

この畑の葡萄《ぶどう》から生まれるワインのように、ひんやりとしてさわやかだ。

だったら、どうして激怒していない？

代わりに……ほっとしていると言ってもいい。

アレサンデルはつめていた息を吐き出した。

今となっては、シモーンも故郷には戻れない。

奇妙にも、その考えはこのうえなく正しく思えた。彼女を帰らせるわけにはいかない。シモーンは僕の子を身ごもっている。

こうなった以上、彼女はここにとどまるしかない。

フェリペは死んでしまった。

事実だとわかっているのに、実感できるまでこれほど時間がかかるのは不思議だった。シモーンは祖父の手をそっと彼の胸に置くと、椅子から立ち上がって、最後にもう一度しわだらけの頬にキスをした。

「さようなら、お祖父《じい》ちゃん。ゆっくり眠ってね」

力が抜け、疲れきった状態で、この三日間、自分の居場所だったベッド脇の椅子を離れた。背中は痛むし、頭痛もする。かつて心があった場所にはぽっかり穴があいていた。

お祖父ちゃんは逝ってしまった。私がここにいる理由もなくなった。

「シモーン？」

アレサンデルがドア口に立っていた。彼があまりに親しげで力強く見えたので、なくなったはずのシモーンの心がびくっと飛びはねた。

「彼は亡くなったの」彼女はとうとう事実を受け入れた。受け入れると同時に涙があふれた。

アレサンデルがそこにいて受け止めてくれなかったら、シモーンは床に倒れていたに違いない。「知っている」彼はシモーンに腕をまわして抱き寄せた。

アレサンデルに抱き締められるのは、いい気持ちだった。彼は強靭《きょうじん》で温かく、いいにおいがする。シモーンはその男性的な香りを貪欲に味わった。ここを去ったとき、これを恋しく思うのはわかっている。

アレサンデルはシモーンの嗚咽《おえつ》がおさまるまで背中をさすっていた。「さあ、うちに帰ろう」

それはどこ? 以前シモーンはとにかくスペインを離れ、メルボルンに戻りたかった。でも今は? 岩だらけの海岸線と青い海、頭上でからみ合い、果実に海の景色を見せる葡萄の蔓《つる》を愛してしまった。別れを告げなくてはならない男性を愛してしまった。

今は本当の家がどこにあるのかもわからない。

アレサンデルはシモーンを車にうながし、アパートメントに連れ帰った。すでに日は落ち、夜になっていた。エレベーターが上昇するあいだも、彼は何も言わず、ただ彼女の肩に腕をまわしていた。シモーンにとって、誰かの沈黙と支えがこれほどありがたいことはなかった。

彼女はアレサンデルに導かれるまま、暗いアパートメントの大きなベッドのある寝室に入り、彼の手で下着姿にされた。彼の触れ方は、親が子供を寝かせる前に服を脱がせるようだった。やさしく、思いやりにあふれているが、強い意志がある。

ベッドに横たわったシモーンは、その心地よさに声をあげそうになった。眠りに落ちるまでアレサンデルがほうっておいてくれると思ったが、彼はその直後にベッドに横たわり、シモーンをびっくりさせた。アレサンデルは彼女を引き寄せると、ただ抱き締めていた。シモーンは心配していなかった。彼は今月はほとんど、シモーンに触れなかったのだ。

アレサンデルの唇が髪に押しつけられるのを感じる。そして……安心感に包まれた。

うつろで無気力だったが、この男性に抱かれて安らかな気分になった。今、何よりもこれが重要だ。

「ありがとう」シモーンはアレサンデルの胸に向かってささやいた。

「何が？」彼は髪に唇を寄せたまま尋ねた。

「ただここにいてくれて」

アレサンデルが彼女の顎に手を添えて持ち上げた。暗い寝室で、シモーンは自分を見つめる彼の目を見るというより感じ取った。頬に息が触れたあと、アレサンデルの顔が近づいてきて唇が重なった。

二度ほどそっと触れ合っただけだが、シモーンはため息をもらした。短い触れ合いが記憶をかきたてる。ああ、彼の唇がどんなに恋しかったか。

ここを去ったあと、どれほど恋しくなるだろう。

どんなに彼を恋しく思うかしら。

暗闇の中で、シモーンは目をしばたたいた。押しつけられる彼の体が突然気になった。たがいの体が密着する場所に、肌を撫《な》でる長い指に意識が向けられる。彼の緊張も感じた。まるでシモーンを守るために、体を硬直させているかのようだった。

無気力だった体が息を吹き返し、安心感が欲求に変わった。

明日は計画を立てなければならない。葬儀の手配が必要だし、土地を譲渡する手続きもあるだろう。帰国の準備もしなければならない。

でも、それは明日のことだ。その前に、今夜がある。二人にとって最後の夜では？

「アレサンデル？」シモーンの足の指が彼のすねをかすめた。ブラの中で痛いほど胸が張りつめ、下腹部で熱いものがあふれ出す。

「何？」

顔を上げると、彼の唇が重なり、シモーンはそこに向かってささやいた。「もう一度キスして」

アレサンデルが喉の奥に引っかかるようなかすれた声をもらした。「もし僕が――」

「わかっているわ」シモーンは片手でアレサンデル

の背中を撫で下ろし、手を通して彼を記憶にとどめた。「必要なの。生きているって感じたいの」

二度頼む必要はなかった。アレサンデルの唇がしっかりと彼女をとらえた。彼は片手でシモーンの髪をつかみ、もう一方の手で体をたどった。その手があまりにやさしく、あまりに恋しくて、シモーンは唇を合わせたまま叫び声をもらした。

するとアレサンデルが顔を上げた。「本当に大丈夫なのか？」

こんなふうに尋ねるとは、なんて彼はやさしいのだろうとシモーンは思った。「完璧に大丈夫よ」

アレサンデルは急がなかった。情熱に突き動かされた葡萄畑での行為とは違っていた。時間をかけてシモーンの体をさぐりながら、引っ込んでしまった場所や高く突き出す腰骨に気づいた。フェリペにつき添っているあいだに、すっかり痩せてしまったのだ。これからは彼が目を光らせて、シモーンにきちんと食べさせるつもりだった。

アレサンデルがブラを脱がせると、彼女は感謝するようにため息をついた。彼の手が完璧な胸のふくらみを包み込んだとき、シモーンは催促するように鼻にかかった声をもらした。

「君は美しい」シモーンの上に覆いかぶさりながら、アレサンデルは言った。どうしてこれほど長いあいだ彼女を一人にしておけたのだろう。だが、今後は決してそんなことにはならない。

シモーンは彼に向かって体を開いた。アレサンデルの指が、彼を待ちかねてなめらかに潤う場所をさがし当てた。親指が感じやすい部分をなぞったとき、シモーンが声をあげて、ベッドの上で背をそらした。しばしここでとどまるべきだ。アレサンデルもそれはわかっていた。時間をかけて、きちんと彼女に喜びを与えるべきだし、そのつもりだった。

次のときに。

彼は避妊具に手を伸ばさなかった。必要ない。すでにシモーンは妊娠しているのだ。彼女のおなかには僕の子供がいる。

アレサンデルはてのひらを彼女の脚のあいだから下腹部にすべらせた。そして我が子に授乳することになる完璧な胸のふくらみに触れながら、もう一方の手で彼女の中心に、熱く濡《ぬ》れる場所にみずからを導いた。ああ、とてもいい感じだ。

たまらなくいい。アレサンデルはゆっくりと確実に彼女の中に身を沈めた。シモーンが歓迎するように腰を持ち上げ、彼を受け入れる。二人が結ばれたえもいわれぬ瞬間、アレサンデルはシモーンの唇を求め、彼女の奥深くまで達した。

理性が吹き飛びそうだった。

動きはじめると、さらにすばらしくなった。

アレサンデルはうめいた。長続きしそうにない。久しぶりなのだ。あまりに長かった。切羽つまった叫び声と、彼の肌に食い込む貪欲な指から、シモーンも同じくらいこれを求めているのが伝わってくる。

シモーンはともに動きながら、熱い場所できつく彼を締めつけている。あまりにも完璧だった。アレサンデルはなんとか自分を抑え、永遠にこうしていたいと思った。だが、体のほうがそれを許してくれない。上下に動く体と体が急《せ》きたて、追いつめ、抵抗しつづけるのが難しくなった。やがてシモーンがはじけたとき、アレサンデルの自制心の最後のかけらが、その余波の中で砕け散った。声をあげてなおも締めつけ、駆りたてる彼女に向けてアレサンデルは自分を解き放った。

燃え尽きたアレサンデルは転がって離れると、呼吸と体が落ち着くまでシモーンを抱き締めていた。髪にキスをすると、彼女が身を預けてきた。

「ありがとう」シモーンがささやき、アレサンデルは彼女の頭にまたキスをした。暗闇の中でシモーンの呼吸が安定し、体から力が抜けるのを感じる。彼女は眠りに落ちたのだ。

二人はなぜこんなふうになったんだ？　アレサンデルは不思議に思った。シモーンがそばにいることに心地よさを感じ、彼女が自分の子を身ごもっていると考えると、幸せな気分に満たされる。

いつそんな変化が？　それにどうして？

腕の中でこの女性が眠っているときに、答えは出なかった。たぶん明日――ひと晩眠り、新たな一日が始まれば、もう少しわかるかもしれない。

すでに朝が楽しみだった。理由はほかにもある。朝になれば、隣の女性も目を覚まし、二人はまた愛を交わすだろう。新しい一日の始まりとともに、彼女の気分もましになるはずだ。

そのときに、話すのを忘れていた赤ん坊のことも思い出すに違いない。

14

シモーンはアレサンデルの腕の中で目覚めた。悲しい気分ではあったが、この数週間でいちばんましだった。温かくて、大事にされて、たぶん少しは愛されている。ここを去ったあと、アレサンデルがほんの少しでも愛してくれたと思えたら、すてきなのに。なぜなら、昨夜、一つのことが証明されたからだ。私は彼を愛している、と。

心が麻痺《まひ》してしまったシモーンに、アレサンデルは生きていると感じさせる手助けをしてくれた。死のあとも人生は続いていくと示してくれた。人生を肯定するセックスをやさしさで包んでプレゼントしてくれた。だからこそ、ますます彼を愛した。

アレサンデルと別れるのは身を切られるようにつらい。けれども彼と愛を交わした思い出が、夜、私を温めてくれるはずだ。

目覚めたとき、シモーンはもう一度愛を交わしたかった。もう何度もその機会はないだろう。ところが、アレサンデルは彼女をそっと押しやり、額にキスをすると、君に無理をさせたくない、朝食を作るからと言った。シモーンは混乱し、少し傷ついた。

その後、朝食のあいだずっと――シモーンがアレサンデルが作ったオムレツを食べるあいだずっと、彼はシモーンをじっと観察しているように見えた。何かを待って見つめているといった感じだった。

「どうかしたの?」アレサンデルがまた横目でこちらを見ていたので、シモーンはフォークとナイフを置いて尋ねた。

「知らないよ」彼はまわりくどい言い方をした。「ただ、僕に話したいことがあるんじゃないかと思ったんだが」

シモーンは目を見開いた。「たとえば、どんな?」

「僕にわかるわけがないだろう?」アレサンデルの唇の両端が持ち上がった。「僕に言わなければならないことで、君が秘密にするようなことだったら、何を思いつく? 僕が聞きたいと思うようなことだよ。ほら、秘密とか?」

シモーンの背筋に冷たいものが駆け下りた。

彼は知っているんだわ。

いいえ。彼にわかるはずがないもの。

このひと月、二人のあいだにはほとんど会話がなかった。昨夜も、情熱のまま口走ることはなかったはずだ。そうよね?「何も秘密はないけれど」

「何もない? 僕に言うべきことが何もない?」

あなたが聞きたいようなことは何も。

「緊張して言いにくいんだろう。それはわかっている。僕はしつこいほど君に警告してきた。だが、僕たちの関係は変化したと考えたい。どんなことも僕とわかち合えると思ってほしいんだ」

シモーンはごくりと唾をのみ込んだ。彼も同じように感じているのだろうか。アレサンデルも私を愛している？　昨夜の彼を思うと、これを信じたくなる。そして今の彼のまなざしを見て、シモーンは可能性はあると考えた。

アレサンデルが彼女の手を取り、やさしく握り締めた。「緊張する必要はないんだ」彼はうながした。「話してくれるね」

「そうね」シモーンの胸の中で心臓が激しく打っている。「たぶん一つあるわ」

アレサンデルが励ますようにほほえむ。「そうだと思ったんだ。なんだい？」

シモーンの手を包む彼の指が安心感を与え、その目に期待が浮かんでいる。シモーンは力を抜いて、ほほえんだ。「そうね、あなたに伝えてもいいころね。アレサンデル、あなたを愛しているの」

その告白に、アレサンデルはうつろな視線を返した。「なんだって？」それからかぶりを振った。「ほかに何かないのか？　僕は赤ん坊の話だと思っていた。いつ僕に言うつもりだった？」

「赤ちゃん？　赤ちゃんなんていないわ」

アレサンデルが彼女の手を放した。「だが、僕は君がフェリペに話すのを聞いて……」

ああ、どうしよう。たった今、彼に愛していると言ってしまった。「あなたはあの場にいたの？」

「もちろんいたさ。看護師から連絡があって……そのときが迫っていると教えられた。それで君の話を聞いたんだ。君はフェリペに子供ができたと言い、その子にはフェリペと名付けるつもりだと言っていた。たしかにこの耳で聞いたんだ！」

「アレサンデル……」シモーンは絶句した。

彼は椅子から立ち上がって背を向けると、部屋を大股で横切った。片手を腰に当て、もう一方の手で髪をかき上げる。「くそっ、君がそう言ったんだ。真実じゃないなら、なぜあんなことを言う？」

「フェリペが聞きたいことだったからよ。彼には聞く必要があったの」

「フェリペは君の話を理解するどころか、耳だって聞こえなかっただろうに！」

「違うの、私の話を聞いて。葡萄《ぶどう》畑のあの日――フェリペが倒れた日、彼は旅立つ前に、ぜひとも子供の知らせを聞きたいと言ったの。自分が死んだあともオチョア家は続いていくと思いたかったのよ」

「だが、それはあの日――」

「わかっているわ」

「あの日、僕たちは避妊せずにセックスした。君はあのあと何も言わなかった。そしてフェリペに妊娠したと話していたので、僕は……思ったんだ」

「ごめんなさい。先週生理があったの。あなたには言わなかった。私たちはほとんど話さなかったし、あなたが気にしているとは思わなかったの」

子供はいない。アレサンデルはあてどなく窓辺に向かい、ぼんやりと外を眺めた。

彼女は妊娠していない。

僕は気にしていないとシモーンは思っていた。

なぜ気にするんだ？

アレサンデルは気にしないように努めた。月の大半、気にしていないふりをした。だが、シモーンがフェリペに妊娠したと話しているのを耳にして、これで彼女もここにとどまるしかないと気づいた。思っていた以上に気にしていたのだ。

だが、赤ん坊はいない。

子供はいない。息子はいない。

アレサンデルはぱっと振り向いた。「君が真実を言うことはあるのか？」

「アレサンデル、お願いだから――」

「君はここに来た瞬間から嘘《うそ》を繰り出した」

「ええ、私は嘘をついたわ！　ここに来てから、ずっとフェリペに嘘をついてきた。そんな自分がいやでたまらなかったわ。でも、フェリペはその嘘によって幸せに旅立てたのよ」

「たぶん君は真実の伝え方すら知らないんだろう」

「私は真実を言ったわ」

「君にその能力があるとは思えない」

「アレサンデル」シモーンはきっぱりと言った。「私はあなたに真実を言ったわ」

「だが、君はさっき――」

「あなたを愛しているって言ったのよ」

　アレサンデルはぎゅっと目を閉じ、先ほどの会話を頭の中で再生した。たしかに彼女はそう言っていた。だが、あのときの僕はシモーンが言わなかったことに気を取られ、新しい言葉を処理する時間がなかった。

「あれは真実よ。私はただ、あなたが聞きたかった真実じゃなかったことを申し訳ないと思うだけ」

　あれは僕が期待していた言葉ではない。

　しかし、あの言葉には大きな意味がある。思っていたほどわずらわしくなく、僕の心で響いている。

　アレサンデルはシモーンを帰らせたくなかった。赤ん坊が彼女をここに引き止めると思っていた。彼女が妊娠していないと――フェリペに嘘をついていたと知って、アレサンデルは打ちのめされた。彼女の告白が真実であってほしいと望んでいたのに。

　赤ん坊はいない。だが、シモーンが僕を愛しているのなら、彼女をここに引き止める望みがそこにあるかもしれない。

「どうしてもオーストラリアに戻らなければならないのか？」

「なんですって？」

「君が帰国して勉強を続けなくてはいけないのは知

っている。だが、スペインにだって大学はある。君はここで学ぶことができる。ここで学位を取り、スペイン語に磨きをかければいい」

シモーンの心臓が飛び上がった。彼は何を言っているの？　彼女は唇を嚙《か》み、必死に今の問いかけを考えすぎないように努めた。「アレサンデル？」

「帰る必要がないなら、たぶん君はここで僕と一緒にいられる」

「私が妊娠していなくても？」

「妊娠していないなんて誰にわかる？　ゆうべ僕たちは避妊しなかった。僕はわざわざ避妊具をつける必要がないと思った。今になって状況が違っていたとわかったが、そうなると、結局のところ君は妊娠しているかもしれない」

「まあ」シモーンの心は沈んだ。やはり期待しすぎてはいけなかったのだ。「あなたは私を引き止めておきたいのね。子供ができた場合に備えて」

「そう、もちろん、自分の子供は欲しい。だが、君も欲しいんだ。最初はわからなかった。僕は君をここに引き止めようと決意した。そんなとき、妊娠したと聞き、君をとどまらせる口実ができた。なぜなら、ここで僕と一緒にいてほしいから。君を愛しているからだよ、シモーン……」

シモーンは目をしばたたいた。

「今、なんと言ったの？」

「君を愛していると言ったんだよ。それに、ここにずっといてほしい。君を引き止められるなら、いくらでも無防備なセックスをしよう」

「アレサンデル……」

「僕と一緒に暮らすのが楽じゃなかったのはわかっている。君に対してひどい扱いをしたのも、君の愛を求める権利などないのも知っている」

シモーンは満面の笑みを浮かべていた。顔が痛くなったが、それでも抑えられなかった。「あなたはずっと、自分はやさしいわけじゃないから誤解するなと言っていたわね」

「僕はやさしくない。それは自分がいちばんよくわかっている。だが、君を愛しているというのもわかっている。このスペインで僕と一緒に暮らさないか、シモーン？　ここにとどまって、本当の僕の妻になり、僕の子供たちの母親になってほしいんだ。君のお祖父《じい》さんをしのんで、フェリペという名の息子を産んでくれ。どう思う？」

「ええ、いいわ」シモーンは叫んだ。幸せで心がはちきれそうだった。「そのとおりにするわ。愛しているの、アレサンデル。心からあなたを愛してる」

彼はほほえみ、シモーンを腕の中に引き寄せると、彼女が喜びでくらくらするまでキスをした。

「僕も愛してる。これからもずっと」

エピローグ

九カ月後、シモーン・エスキヴェルは出産した。暖かい秋の夜だった。丘を駆け上がるゆるやかな風に葡萄《ぶどう》の葉がさらさら鳴り、海岸線のすばらしい眺めを楽しみながら、実が大きく育っていた。

シモーンがアレサンデルのアパートメントに押しかけて突拍子もない提案を持ちかけたあの日から、ちょうどまる一年がたっていた。移ろう季節のようにこの一年はさまざまな変化があった。落胆や喪失、希望や再生に満ちていた。そして、古びて強い葡萄のように、そこにはずっと愛があった。

アレサンデルはシモーンよりも気が立っていた。まず彼女を車に乗せるときにいらだって騒ぎたて、次に病院に入ると、葡萄のあいだでうろつく羊を追いたてるように、あれこれうるさく指図した。

シモーンがそれには従わず、アレサンデルをたしなめると、彼は代わりに病院のスタッフに向けて命令や要求を口にした。そういうわけで、エスキヴェル家の赤ん坊が今夜生まれることは、誰も疑わなかった。

アレサンデルは分娩室《ぶんべんしつ》でシモーンの手を握り、やきもきしながら、さらに多くの命令を発した。彼女の額をぬぐって唇を濡《ぬ》らし、必要があれば背中をさすった。赤ん坊が生まれたとき、彼は息子を出産した愛する女性の強さに驚嘆し、畏怖の念に打たれた。

「君は彼に嘘《うそ》をつかなかった」その後、アレサンデルが言った。彼はシモーンのそばに座り、小さな赤ん坊に指を握らせている。どこから見ても、生まれたばかりの息子に首ったけだ。

シモーンに伝わっていないと思ったのか、彼は説明した。

「フェリペのことだよ。彼が亡くなる前、君は真実を言った。彼に妊娠したと伝え、息子ならフェリペと名付けると言った。わからないか。僕たちの赤ん坊はあの夜授かった。君は真実を話したんだ」

シモーンは夫である男性にほほえみかけた。老人を幸せにするために結婚した相手だけれど、私に心とこの子を授けてくれた。そして今なお、新たに貴重なプレゼントを与えてくれている。

「ありがとう」シモーンは言った。「あなたに愛してるって言ったことがあったかしら、アレサンデル・エスキヴェル?」

「あるよ。だが、あのときは信じていなかった」アレサンデルは二人が作った子供の上に身を乗り出し、シモーンの唇にこのうえなくいとおしげにキスをした。「だが、二度と君を疑わない」

ハーレクイン®

嘘のヴェールの花嫁
2014年1月20日発行

著　　者　トリッシュ・モーリ
訳　　者　山本みと（やまもと　みと）

発 行 人　立山昭彦
発 行 所　株式会社ハーレクイン
東京都千代田区外神田 3-16-8
電話 03-5295-8091（営業）
0570-008091（読者ｻｰﾋﾞｽ係）

印刷・製本　大日本印刷株式会社
東京都新宿区市谷加賀町 1-1-1

ISBN978-4-596-12929-1 C0297

胸を熱くするスペイン人傲慢ヒーロー、2作品！

〈ウルフたちの肖像〉第7話は、ジェニー・ルーカス

仕事でスペインを訪れたアナベル・ウルフは、噂に聞く傲慢なプレイボーイ、ステファノに会うなり惹かれる。だが彼に過去の秘密を知られ、傷つくのを恐れて…。

『傷だらけの純愛』

●ロマンス／R-2932 **2月5日発売**

ピュアなヒロインの恋をキム・ローレンスが描く

亡姉の忘れ形見の双子を育てている貧しいゾーイ。億万長者イサンドロの屋敷の住み込み管理人として働いていたが、突然彼からある要求を突きつけられ困惑する。

『メイドという名の愛人』

●ロマンス／R-2934 **2月5日発売**

レベッカ・ウインターズが贈るギリシア人富豪との恋、第2話

大富豪のレアンドロスと結婚して2年、子供ができないことに悩むケリーは、離婚を前提に故郷に戻った。ところが1カ月後、双子を妊娠したことがわかり…。

〈愛の使者〉第2話

『大富豪と遅すぎた奇跡』

●イマージュ
I-2310
2月5日発売

シャーロット・ラムの貴重な未翻訳の旧作

銀行家ニコラスの仕事上の秘密を知り、彼の屋敷に監禁されたステイシー。反発しながらも、何かと気を遣ってくれる彼に強く惹かれキスを交わしてしまう。

『御曹司に囚われて』

●イマージュ
I-2309
2月5日発売

リアン・バンクスが贈るベビーシッターの恋

突然、地中海の王国のプリンセスだと告げられたベビーシッターのココ。急な変化から彼女を守りたい一心で、雇い主のベンジャミンが、表向きの婚約を提案する。

『家なき王女が見つけた恋』

●ディザイア
D-1597
2月5日発売

英国摂政期のシンデレラストーリー

下働きの私が公爵の妻に？
そんなことが許されるのかしら…。

クリスティン・メリル作

『シンデレラと不機嫌な公爵』

●ヒストリカル・スペシャル
PHS-80
2月5日発売